コンパスエッセイ

小西 宗十
Konishi Soju

長崎文献社

はじめに

県北の文化ホール「アルカスSASEBO」が開館したのが、二〇〇一年三月、今年の春二〇周年を迎えた。開館の翌年二〇〇二年から、季刊情報誌「アルカスSASEBO COMPASS」が刊行され、今日に至っている。その表紙裏に私は「コンパスエッセイ」を書いてきた。

本書は、そのエッセイと、同人誌「はまゆう」に投稿したものを合わせて一本にしたものである。

長い間、快くお付き合いいただいたアルカスSASEBOの永元太郎館長、またアルカスSASEBOのスタッフの皆さんに、心から感謝の意を表したい。

本書の刊行を勧めてくださった長崎文献社の社長片山仁志氏、編集を担当された同社の堀憲昭氏に感謝する。

表紙絵は高校時代からの友人の画家・城輝行さんにお願いした。併せて感謝する。

令和三年初夏

もくじ

コンパスエッセイ

もくじ

もくじ

思い出

装丁・装画　城　輝行

コンパスエッセイ

「五足の靴」から

二人のドン

スペインには有名なドンが二人いる。二人の名声はそれこそ「永遠に不滅」である。一人は永遠の理想主義者であり、他方は究極の女たらし。さよう、ドン・キホーテとドン・ファンである。

ラ・マンチャ村の郷士ドン・キホーテは、騎士物語を読みすぎて物語と現実の区別がつかなくなる。彼は、自分を物語の中の騎士だと信じ込み、遍歴の旅にでるのである。古びた甲冑を身につけ、楯をとり、槍をかいこみ、やせ馬ロシナンテにまたがって。付き従うのは、はしこい現実主義者のサンチョ・パンサ。

ドン・キホーテの目は、フィクションの世界にくらんでしまっていて、田舎娘も思い姫ドゥルシネーアと映り、旅人宿だって天守閣、尖塔、跳ね橋、濠を備えたお城と見え、風車は不埒な巨人と見える。物語の中の騎士が、悪を懲らしめ、怪物を倒し、そのいさおしを思い姫にささげるように、ドン・キホーテは、うまずたゆまず勧善懲悪の冒険（たとえば彼は槍を小脇にかいこんで風車に突撃して吹き飛ばされる）に挑んでは、挫折を繰り返す。

ドン・キホーテは中世の騎士のパロディであり、『ドン・キホーテ』という長編小説は騎士物語のパロディなのだ。私たち読者は、従者サンチョ・パンサとともに思う存分ドン・キホーテの滑稽さを笑うことができる。しかし、彼は笑われても笑われてもそのつど気を取り直して、「悪」に挑戦することをやめない。彼にはどこか悲哀がある。世の理想主義者の誰にも当てはまる、崇高さと悲哀があるのだ。

『ドン・キホーテ』第一部は一六〇五年に書かれた（江戸時代初め）。それから二五〇年ばかり後、フランスの作家フロベールが『ボヴァリー夫人』を書く（江戸末期）。これは恋愛にあこがれた女性が、情事を重ねるうちに破滅するという幻滅の物語。「ボヴァリー夫人は私だ」とフロベールは苦い思いを噛みしめて語っている。おそらくフロベールの脳裏には「私はドン・キホーテだ」という思いがあっただろう。

もう一人のドン、かのドン・ファンは男の暗い欲望を代表している。公爵夫人も漁師の娘も貴婦人も、出会う女性を片端からだまして、ひたすら快楽を追求する。私達にも彼自身にも、その末路は破滅しかないことが見えている。しかし、今、ここにある快楽を手に入れるためには、容赦なく嘘もつけば手管も使う。女達はむなしく言う、「私だけはちがう、私だけは彼の真実の愛を目覚めさせる」と。ドン・ファンは愛の抗しがたい魔力を象徴しているのだ。

酒

「世には心得ぬ事の多きなり。ともあるごとには、まづ酒を進めて、強い飲ませたるを興とする事、いかなるゆゑとも心得ず」

世の中おかしなことが多い。何かにつけて「まず飲みなさい」と酒を無理に進めて喜んでいる、いったい何がおもしろいのか全く合点が行かない、とあきれ果てているのは兼好法師（「徒然草」第一七五段）。

彼は続けてイッキ飲みした酔っ払いの醜態や二日酔いのありさまを（軽快に！）活写したあげく、異国でこんな風習があると聞いたなら、誰も信じないだろうとまで言っている。

酔っぱらったおかげで、この世にしろあの世にしろ、何かご利益があればまだしも、失敗はするし、財産は失うし、病気にだってなるではないか。

「百薬の長とはいへど、万の病は酒よりこそおこれ。憂忘るといへど、酔ひたる人ぞ、過ぎにし憂さをも思ひ出でて泣くめる」

いやはや、おっしゃる通りで、苦笑いするほかはない。ここまで読んでくれば、兼好法師はよっぽど下戸だったか、それとも親類縁者か身近な人に、酒癖の悪い御仁がいたに相違ないと思わざるをえない。しかし、エッセーの神様はちゃんとどんでん返しを用意していなさる。

彼はすぐ続ける、悪態をついた舌の根も乾かぬうちに。

「月の夜、雪の朝、花の本にても、心長閑に物語りして盃出したる、万の興そふるわざなり」

こうして今度は、酒の賛美が始まるのである。

退屈しているとき思いもかけず友達が来て、さあ一献いこうというのはじつに楽しい。冬、火でなんぞ肴をあぶりながら、仲間同士でぐいぐい飲むのもよい。野山の芝の上で「つまみが欲しいね」といったりしながら飲むのもおもしろい。飲めないというのに、無理強いされて、少し飲んでいる人もなかなかよい（さっき彼が言ったこととはまったく反対のような気がする）。お近づきになりたいと思う人が、上戸で、打ち解けるのはうれしいものだ。

とまあ、こういう調子なのである。どうやら彼は下戸ではなくて、酒の飲み方をよく心得た人らしい。酒好きの人は同時に酒の怖さを知る人でもある。兼好法師は酒のよさと悪さの両面を見立てて楽しんだのだ。

さて、酒飲みは、酒かタバコかと言われたら、酒を取るだろう。酒か命かと言われたら、どうだろう、やっぱり酒を取るのではないか。

別れの歌

花と緑がふたたびめぐってくる春は、同時に別れの季節でもある。日本のあちこちで、卒業やら移動やらがこの時期に集中する。新しい旅立ち。別れの歌が歌われ、別れの言葉が発せられる。

別れの歌の詩人といえば唐の王維（七〇一？～七六一？）。中でも有名なのが「元二の安西に使するを送る」と題する七言絶句である。

渭城《いじょう》の朝雨軽塵《ちょううけいじん》を浥《うるお》し
客舎青々柳色《かくしゃせいせいりゅうしょく》新なり
君に勧《すす》む更に尽せ一杯の酒
西のかた陽関を出れば故人《こじん》無からん

西域の安西に旅立つ元二を渭城（首都西安の北）まで見送り、そこで歌われた。別れを惜しんで旅立つ友へ酒を勧める歌である。「陽関」は玉門関の南、敦煌市の西にある。「故人」は友人の意味。

この詩は「陽関三畳」ともいわれ、以後送別の宴でかならず歌われたという。「三畳」とは三回くり返して歌うこと。「無からん、無からん、故人無からん」と唱和したのである。

もう十四、五年前、私も西安からトルファンまでシルクロードを列車で旅したことがある。季節は五月。確かに西安は青々と柳色新たで、美しかった。しかしそこから先は、月の砂漠のイメージからは遠くかけ離れた無限に続く瓦礫の連なり。その荒涼とした風景は、海水の引いた海底といえばよいか、あるいは月面といえばよいか、私の想像をはるかに超えて荒々しかった。

敦煌から玉門関を訪れた。城の遺跡といえば赤い土塁の搭が残っているだけ。炎天下に化石のように立っている。安西はトルファンの近く。中国とはいえ、ここの人々は紅毛碧眼。年間降雨量は七〇ミリという。九州では台風が来れば一日でそれぐらいは降る。

王維には、日本に帰国する阿倍仲麻呂を送る歌もある（送秘書晁監還日本國）。海を越え、東方のはるか彼方の日本を思い描きながら、友人の無事を祈念した歌だ。

しかし、阿倍仲麻呂は帰途暴風雨にあって難破し、西安に戻って、その地で生涯を終えた。西暦七七〇年。王維、李白すでになく、同年に杜甫が没している。今からざっと一二三〇年前の事だ。

狩猟

去年か一昨年かだったと思うが、猟師が鹿とまちがえて馬を撃ったというニュースがあった。こんな「馬鹿」を絵に画いたような話は、今どきめったにあるものではない。私は笑うよりまえに驚いた。

昔、中国の秦に趙高という奸臣がいた。彼は権謀術数を駆使してライバルたちをおとしいれ、始皇帝亡き後、ついに二世皇帝の宰相の座に昇りつめ、権力をほしいままにする。あるとき、二世皇帝の御前で趙高は、鹿を指さして馬だといった。皇帝は「趙高よ、おまえほど賢い男でもまちがえることがあるのか」と笑った。しかし、いならぶ群臣が趙高におもねって皆「馬だ」といい、皇帝に恥をかかせたという話がある。これが馬鹿の始まり。いらい二二〇〇年あまり、極東の日本で馬鹿の上塗りをしたわけだ。しかし、朝まだき、あるいはたそがれ時、馬と鹿は区別がつきにくくて見違えることがあるそうだから、さほど驚く話ではないのかもしれない。

何年かまえの秋、私はパリから観光バスでロワール河畔の城めぐりをした。とちゅうフラットな田園風景がつづく。高速道路の両側は刈りいれのすんだ畑の連なり。ちょうどその日が狩猟解禁の日で、「毎年、このあたりで十人ぐらいの猟師が死ぬ」とガイドが言う。畑で鉄砲撃ちとは信じられない。よく聞いたらウサギが出没するという。そのウサギと人を間違えて撃つらしい。これでは馬を鹿にまちがえたほうがまだずっと罪が軽い。

小値賀の野崎島に鹿がいることはよく知られている。今は西海国立公園だからみだりに猟はできないが、国立公園指定前は鹿を捕獲しても罰せられなかったと思う。私がまだ小学生の低学年だったころ、佐世保から米兵が三名ばかり通訳をつれて小値賀へ鹿撃ちに来た。彼らは私の家に泊まった。ソファーがなかったのでそれぞれ厚手の座布団を四、五枚かさねて椅子の代わりにし、ふんぞり返った。すき焼きに出した長ネギが気に入って、それをもっと出せといい、包丁は入れないで、長いままもぐもぐかじった。

翌日彼らは野崎に渡る。郵便局長をしていた叔父が案内役で、私も連れられて行った。彼らは鹿撃ちにライフルを用いた。とちゅう昼食時に立ち寄った民家で蒸し芋を出された。米兵の一番偉そうなのが、美しい象牙の柄のナイフで芋をそいでは口に運んだ。その日しとめた鹿は一頭だった。さいわい野崎には馬はいなかったから、それは正真正銘みごとな鹿で、まぎれようもなかった。

アルカス

映画「トロイ」が上演されたりアテネオリンピックがあったりして、今年はギリシアづいた年だった。ということは、「アルカス」を考える、絶好の機会であるとも言えるだろう。

アルカスは、ギリシア神話の主神ゼウスとニンフのカリストとの息子。カリストとは「最も美しい」の意。彼女は貞潔を守る誓いを立てて女神アルテミスに従った。アルテミスはゼウスの娘で、オリンポスの十二神の一人。ニンフをつれて山野を歩くのを楽しみとする処女神で、純潔の象徴である。

さて、ゼウスは美しいカリストに恋をして、彼女と交わり、アルカスが生まれた。そこから悲劇が起きる。美しい妖精カリストは突然、獰猛な熊に変えられる。

一説、妻の怒りからカリストを守るために、ゼウスがカリストを熊に変えた。

二説、ゼウスの妻ヘラが怒りから、罰として彼女を熊に変えた。

三説、アルテミスが、純潔の誓いを破った罰として、彼女を熊に変えた。

いずれにせよ時がたち、アルカスは立派な若者に成長した。そしてある日、山中で、二人は出会うことになる。熊の姿をしたカリストは息子を懐かしみ、抱きしめようとアルカスに近づいてゆく。アルカスは熊に襲われると思いこみ、母カリストを矢で射殺した。

ゼウスは二人をあわれんで、天上に親子を迎え、母カリストを大熊座に、子アルカスを小熊座に変えた。大熊座は北斗七星を含み、小熊座の尻尾は北極星である。親熊のあとを追って、小熊は永遠に天上を回転している。

アルカスは「アルカディア」の語源である。アルカディアはギリシア・ペロポネソス半島の山岳地帯名だが、神話とのかかわりが深く、ヘルメスやパン（牧神）のふるさとである。牧歌的な夢幻境とされ、古来ヨーロッパの文人の憧れの地とされた。

フランス一七世紀の古典主義絵画の創始者ニコラ・プッサンの代表作に、「アルカディアの牧人」という絵がある（ルーブル美術館蔵）。三人の牧人と若い娘が、「われもまたアルカディアにありき」と刻印された棺の周りに集まり、思索にふけっている絵である。棺には蓋がしてあって、誰が埋葬されているか分からない。おそらくはプッサンその人。生涯を省み、芸術の理想郷に遊んだという、魂の表白なのだろう。

アルカディアを想うにつれ、アルカスがいつまでも私たち佐世保市民の芸術の理想郷ならんことを、との思いを深くする。

ハッピネス考

「幸福」。日本語でいえば「しあわせ」。「仕合わせ」とも書いて、第一義的には「めぐり合わせ」とほぼ同じ。好運に恵まれて、なにかよいことがあること。俗なたとえで言えば、宝くじに当たるというようなハッピーな状態をさしている。

しかし「仕合わせ」はもともと「為（し）合わせ」からきている。「なにかやってみたら、するするとことが運んで、うまくできた！」というニュアンスを含んでいる。日々、積み重ねてきて、ある日、目の前がぱっと開けるように自在にできるようになった、という感じだ。努力の成果が実った、修行や稽古が身についた、と言ってもいい。「小さいことの積み重ねが大きな記録につながる」というのはイチローの名言だが、彼のような天才のどえらい記録ならずとも、誰だって自力でなにか成し遂げることができたなら、それはうれしいことだ。これこそ「仕合わせ」の本義なのである。

こう見てくれば昔から私たち日本人にとって、「仕合わせ」とはなにも王侯貴族の富貴権柄を持つことなんかじゃなくて、むしろわれとわが身の丈にあった「めぐり合わせ」として望まれてきたような気がする。こつこつとこの道をひと筋に――仕事でも、学問でも、趣味でもいいけれど――続けてきて、ある日突然「おお、でかした」と膝を打って、晴ればれとわが身の仕合わせをかみしめる。たとえば江戸時代には、そんな日本人が大勢いて、彼らが礼儀正しくつきあって、そのつきあいが社会というものだったろうと、この言い回しは想像させる。私の「仕合わせ」は人によって千差万別。万人共通の唯一無二の「仕合わせ」などというものはありえない。

二一世紀はグローバルな競争社会というイメージがだんだん鮮明になってきた。けれどもそこで、たとえば「勝ち組」などという無作法な言葉で表現される空虚な「幸福像」へ向かって万人がいっせいに殺到しても、果たしてだれが仕合わせにめぐり合えるだろうか。

山のあなたの空遠く、
「幸」住むと人のいふ。
ああわれひとと尋めゆきて、
涙さしぐみ、かへりきぬ。
山のあなたになほ遠く、
「幸」住むと人のいふ。
（カール・ブッセ　上田敏訳）

古人もまた、仕合わせは遠くにではなく、あなたの中にあるといっている。

快楽主義者

サド侯爵は快楽主義者か。しかり、と答えざるを得ないだろう。何しろ彼が鞭とボンボンを乱用して、いのちをかけて追求したのは快楽に他ならなかったのだから。しかも、彼は性悪説に立っている。人の本性が悪であると言うだけではない。自然の根源は悪、神の本質は悪、というのだ。一切が悪の顕現であるこの世界！

だからサドの快楽は、悪徳と結びついてしか得られない。彼の名を永遠に冠したサディズムはもとより、マゾヒズム、同性愛、レズビアン、その他ありとあらゆる異常性愛が彼の得意技に属する。

サド侯爵はフランス革命時の貴族の異端児。敵の敵は味方ということで、一時革命軍から解放されたこともあったが、生涯の大半を牢獄と精神病院で送った。時代の大きな転換期に、サドは人間の悪を容赦なく見すえ続けた。実践をともなってというのは褒められたことではないが、もちろん相応の罰は受けている。童顔で小太りだったと言うのは、サディズムの祖としてはなにかそぐわない感じがする。むちゃくちゃな人生を送ったにしては七四歳まで生きたというのは驚きだ。

快楽主義者といえば、プルーストの大長編小説『失われたときを求めて』の登場人物たちがそうだ。これはサド侯爵に遅れること百年、一九世紀末フランスの貴族・ブルジョアサロン盛衰記とも言うべき小説である。スワン、シャルリュス男爵、アルベルチーヌ……主人公の「わたし」を含めていずれも快楽の追求者である。第四巻の表題が「ソドムとゴモラ」(両方とも同性愛のため神の怒りに触れて焼かれた古代都市の名)とあるように、同性愛の世界が特に詳しく描かれている。これは青春のさなかにあった美しい青年や少女たちが、時を経るうちに、皆等しく悪癖や世俗にまみれ醜く老いてゆく、その変貌を描いた恐ろしい小説なのである。

喘息に苦しみながら、外気の刺激を避けるためにコルク張りの書斎にこもり、大作を書き上げたサロンの遊び人プルーストの、人生をえぐる目のなんとタフなことか。文豪バルザックの後継者として、おさおさ引けを取るものではない。

さて、快楽主義者をエピキュリアンという。では元祖エピクロスの説を見てみよう。

「快楽とは、一部の人たちが無知であったり、またこれに同意しなかったり、あるいは誤解したりして考えているように、放蕩者たちの快楽や、(性的な)享楽の中にある快楽のことではなくて、身体に苦痛のないことと、魂に動揺がないことに他ならないのである」

平穏無事これ快楽、と元祖はいうのである。

酒歌

まず万葉集巻三、大伴旅人「酒を讃《ほ》むる歌十三首」のうちから、

験《しるし》なき物を思はずは一杯《ひとつき》の濁れる酒を飲むべくあるらし

古の七の賢《さかし》き人たちも欲《ほ》りせしものは酒にあるらし

言はむすべせむすべ知らず極まりて貴きものは酒にしあるらし

なかなかに人とあらずば酒壺に成りにてしかも酒に染みなむ

旅人は奈良時代の人。太宰府の長官としてながく九州に赴任していたから、玄界灘の魚を肴にして、九州の濁り酒を飲んでいたに違いない。千三百年前の歌とは思われないほど気持ちがよく分かる。昔から酒飲みはまったく変わっていないということ。

一番目は、「くよくよしても始まらない、まあ飲もうよ」で、これは私たち普通のサラリー

マンの日常のせりふ。

二番目、「竹林の七賢人だって酒が好きだったんだから」は脱俗風流の勧め。

三番目、「なんたってサケが一番」

四番目、「酒壷になりてぇ」。私はいつも、どんなに飲んでもけして酒がなくならない徳利があったらと夢見ている。小さくていいから。


酒歌といえばまず李白だろう。「山中幽人（隠者）と対酌す」はこうだ。

両人対酌して山花開く
一盃　一盃　復《ま》た一盃
我れ酔いて眠らんと欲す卿且《しばら》く去れ
明朝意あらば琴を抱いて来たれ

飲んだくれのわが身にさすがに気が引けたのだろう、奥さんにこんな詩をささげている。
三百六十日　日日酔いて泥の如し
李白の婦たりといえども　何ぞ太常《たいじょう》の妻に異ならん
「太常の妻」は昔話で、ひどい目にあった不幸な奥さんのこと。

台風

ちかごろNHKも民放も、天気予報のお姉さんたちがきれいになった。気象予報士なのかアナウンサーなのか知らないが、声と顔がチャーミングなのだからどちらでもかまわない。おまけにスタイルもよくて、思わず見ほれているうちに天気図を見過ごしてしまって、明日雨だか晴れだか分からない。この次は天気図を見ようとそのたびに決意を新たにする。

いよいよ台風シーズン。彼女たちの活躍の場がまたふえるだろう。それは歓迎だが、見たくないのがあのレポーターの台風現場中継。風もないのに身体を揺らしているかと思うと、本当に吹っ飛ばされそうになったりしている。へたな演技には腹が立つし、危険なばあいは気がもめる。いいことはひとつもないのだからあれは止めるにこしたことはない。

むかし台風のことを颶颱《ぐたい》といった。颶はつむじ風またははやて。颱は台湾の風の意で、いわゆる台風である。「颶颱」という難しい漢語を私が知ったのは志賀重昂の『日本風景論』によってであって、志賀は「颶颱」を日本の「豪放の特に豪放」な現象だとして、曲亭馬琴『椿説弓張月《ちんせつゆみはりづき》』の一節を引いている。意訳して孫引きすればこうだ……。

「……大風の烈《はげ》しいのを颶《はやて》という。また甚《はなはだ》しいのを颱《あかしま》という。颶はいつもにわかにおこり、颱はしばらく経ってから来る。颶は一瞬におこってすぐやむが、颱は一昼夜あるいは数日たってもなお止まない……」

春は「はやて」が多く、夏から秋口は台風のシーズンだ。渡海船が「はやて」にあっても転覆をまぬかれることがあるが、台風にあったらもうだめ。台風がおこるとき風向きはこう変わり、雲行きはああ変化する……。

いやはや微にいり細をうがった説明で、気象予報士も顔負けだが、これはすべて海中で台風にあったときの鎮西八郎為朝のセリフなのである。

うかつにも私は「台風」はtyphoonの翻訳だろうと思っていたが、事実は逆でtyphoonこそ中国語「颱風」の翻訳だったのである。ちょうどtsunamiのように。もっとも「津波」は日本語だが。

志賀重昂の『日本風景論』は明治二七年に刊行された。日本の風景論、山岳論、気象・地質論の嚆矢《こうし》である。志賀によればわが国は「江山洵美《こうざんじゅんび》是吾郷」の国であって、世界に冠たる美しい自然を持っている。そしてその特徴は、①瀟洒《しょうしゃ》、②美、③跌宕《てっとう》であるという。「跌宕」とは聞き慣れない言葉だが、どうやら「豪放」「力感にあふれた美」のことを言うらしい。志賀重昂は自然保護を説いた最初の日本人だったといってよい。

アルカスSASEBO・五周年

アルカスSASEBOがオープンしたのが二〇〇一年三月一日、早いものでもうすぐ五周年を迎える。来る二月これを記念してミュージカル「佐世保ブギウギ」が大ホールで上演されることになった。

ミュージカルのキャッチフレーズに「市民百人が主役のミュージカル！」とある。出演者が一〇〇人というから大ホールの舞台だって埋め尽くされるだろう。観客もすべて佐世保市民だからホール全体の盛り上がりはさぞ見ものだろう。今からできばえが楽しみだ。

内容は、「ジャズ、バーガー、昭和二〇年代の佐世保がよみがえる！」。戦後六〇年を一挙にタイムスリップするらしい。

昭和二〇年代。当時佐世保の街には、まだ馬に引かれた荷馬車が行き交っていた。駅や船着場で人を待っていたのはタクシーではなくて人力車だ。引越しをするときもリヤカーだった。市民はみんなよく下駄や長靴を履いていた。何しろ、メインストリートをはずれると、泥道が一杯あって、雨でも降ったら泥水の川に変わっていた。街全体に石炭を焚く匂いが漂っていた。蒸気機関車は鋭い汽笛をあげて夜の街を突っ走った。夜、一部の歓楽街を残して街は真っ暗だった。みんな月明かりや星空をたよりに道を歩いた。

昭和二〇年、佐世保市の人口は一四万七〇〇〇人あまり。もちろん老人や子供も入れて。昭和二〇年九月二二日、連合国進駐軍五万人が上陸。一五万人の町に突然五万人のアメリカ兵が出現したのである。四人に一人はアメリカ人だ。これで街が変わらないわけがない。

米兵のための映画館、米兵のためのキャバレー、米兵のためのダンスホール、米兵のための飲食街が立て続けにできていった。空襲で焼かれ、敗戦で帝国陸海軍は消滅した。何もかも無くなった佐世保は、その日から急速な復興を見せ始める。そして、その復興の担い手は、佐世保の当時の若者だったのである。裸一貫からはじめた彼らは試行錯誤を繰り返しながら、佐世保の経済の発展と新しい街づくりに身を挺していった。

アメリカ文化は、最初は徐々に、そして昭和三〇年代に入るや一挙に花開く。アメリカ映画と、名切の米兵住宅に翻る白いシーツが、アメリカの現代生活を私たちに運んできた。ジャズとダンスは佐世保の若者の心と肉体に入り込んでしまう。バーの片隅で飲むハイボール（ウィスキーのソーダー割）が高級感を味あわせてくれた。そこから経済成長期まで、一跨ぎだった。

ミュージカルに出演したり観たりするすべての子供たちが、佐世保は若者の街だったんだと思ったら、いいな。

お犬さま

江戸の第五代将軍・綱吉公は学問好きの将軍として知られている。自ら幕臣に論語を講義し、全国に忠孝を奨励して孝子表彰の制度を設けたり、仁慈を鳥獣にまで及ぼすとして「生類憐れみの令」を発したりした。

この「生類憐れみの令」を徹底させるため、なぜか特別にお犬さまを大切にしようということになり、犬を殴ったり蹴ったりするのはもちろんご法度、歩かせても恐れ多いとばかり、たらいに乗せて担いで運ぶ始末、行き会う民百姓は土下座、平伏して見送った。このクソ忙しいときに、仕事になるかよ！　民の不満は爆発寸前だ。

このとき登場するのが庶民の味方黄門様。「上様、民が大事か、犬が大事か」と、綱吉をひたと見つめて諫言に至る。

天下分け目の関が原いらい太平が久しい。戦乱の時代はすでに過去のものである。これからは文化主義で行こう、というのが綱吉の方針だろう。水戸のご老公だって『大日本史』編纂を生涯の仕事と思い定めたほどの殿様。文化主義では引けは取らない。しかし、ご老公にとっては徳川家全体の安定と調和も大切。側用人と組んでの将軍の独走はちと困るのである。今流行の言葉で言えば、綱吉は改革の旗手、黄門様は抵抗勢力の親玉というところか。

さて、なにゆえに、「生類憐れみの令」がお犬さまにシンボライズされたのか。生母桂昌院がペットとしてかわいがっていたとか、戌年生まれだったとか、諸説あるけれどもどうも説得力がない。私には前から、もしかしたらそうじゃないかという予感があったけれども、これまで確証がなかった。しかし、あった。ルイス・フロイスの『ヨーロッパ文化と日本文化』（岩波文庫）にその確証があったのである。

曰く、「ヨーロッパ人は牝鶏や鶉、パイ、ブラモンジュ（白色ジェリー）などを好む。日本人は野犬や鶴、大猿、猫、生の海藻などをよろこぶ」

そして注に、「我等若き頃まで……武家町方共に下々の給物には犬に増りたる物は無之とて冬向に成候へは見合次第打殺賞玩いたす」（『落穂集』）とある。

ルイス・フロイスは織田信長の時代に日本に来た。すなわち戦国時代、日本人は野犬を食っていたのである。綱吉の「生類憐れみの令」の真意は、犬をむやみに殺して食ってはならないということだったのだ。今から思えば綱吉の言い分はもっともだと思える。確かに文化的だ。

綱吉の強制が功を奏して、今日、私たちは、犬を見てもまったく食指が動かないのである。

「五足の靴」一〇〇年

「明治の新派（詩歌の）は誰が興したか、之に答えて俺だと言い得る者は鉄幹の外に一人もあるまい」とは明治の文豪森鴎外の評である。その与謝野鉄幹、詩歌の革新に挑み、明治三二年（一八九九年）東京新詩社を設立し、機関誌「明星」を創刊した。

彼の有名な歌（人を恋ふる歌）の冒頭に高らかに言う、

妻をめとらば才たけて　顔《みめ》うるはしくなさけある
友をえらばば書を読んで　六分の侠気四分の熱

まことに妻晶子は明治第一の情熱的才女だったし、「明星」に馳せ参じた年若い友達は、北原白秋、木下杢太郎、吉井勇、平野万里、いずれも侠気と熱気にあふれた若人だった。その情熱は主として、新しい歌詠みへの野心と耽美放蕩の探求へ向かってふつふつと沸いていたのである。

「四十年（明治）の夏、新詩社同人の寛（与謝野鉄幹）、万里、勇、正雄（大田正雄、木下杢太郎の本名）、白秋は九州旅行の途次長崎に一泊し、天草に渡り、大江村のカトリックの寺院に目の青い教父《バアテル》と語った。この旅行から彼らは何を齎《もたら》したか。浪漫的のほしいままな夢想者であった新人、彼らは我ならぬ現実ならぬ空を空とし、旅を旅として陶酔した」（北原白秋『明治大正詩史概観』）

この九州の旅がいわゆる「五足の靴」である。明治四〇年すなわち一九〇七年七月二八日に東京を出発し、厳島、下関、福岡、千代の松原、白秋のふるさと柳川、佐賀、唐津、そして八月五日佐世保、平戸、茂木、天草の富岡、大江、牛深、三角、島原、長洲、熊本、阿蘇、三池、再び柳川、徳山、最後は八月一九日、京都で旅は終わる。

佐世保のレポーターは鉄幹。

「佐世保は思いの外不恰好な街である。一点ぽたりと落ちた墨が、次第に左右へ広がって行くやうに、一軒の家が次第に膨むで往って此街を形造ったのであらう、唯徒らに細長い、真直ぐな大通が一筋、拳骨のやうに中央に横たはって、肋骨とばかり数多の横丁を走らせて居る。……宿に帰って夕方から散歩に出かけてみれば、昼の意気消沈した姿とは違って、きわめて盛んな光景《ありさま》、海軍士官がゆく、水兵がゆく、小僧がゆく、職工がゆく、人夫がゆく、乱雑な響きが四辺に満ちて、人いきれで蒸されるように思われる。……熱鬧《ねったう》の区《まち》、煙塵の巷《ちまた》、かかる所を過ぎた時、旅情の甚だ切なるを覚えたのは、何故であらう」

続けて現在夜店公園の碑に刻されている即興詩「せりうり」を付したのである。来年二〇〇七年は、この五足の靴の来佐からちょうど一〇〇年に当たる。

「五足の靴」ふたたび

明治四〇年（一九〇七年）七〜八月、与謝野鉄幹を頭とする、北原白秋、木下杢太郎、吉井勇、平野万里、いわゆる新詩社同人の五人が、九州を旅して「五足の靴」という旅行記を東京二六新聞に連載した。その途次、八月五日、彼らが佐世保に立ち寄ったことは前に記した。当時、鉄幹は三四歳、他のメンバーはいずれも二〇歳から二二歳の大学生あるいは大学中退組で、まだ青春真っ盛りというところ。しかし若いとはいえ、詩歌における時代のトップランナーたちだったことは、その後の彼らの活躍がよく示している。

明治三八年（一九〇五年）、日本人は日露戦争の勝利によって一等国の自覚を持った。一等国になったかどうかはともかく、当時すでに近代国家としてのインフラストラクチャーは相当整備されていた。全国津々浦々にいたるまで鉄道が敷かれ、郵便局が配置されていた。五足の靴の一行が佐世保の京屋旅館に泊まったのが八月五日。その記事が東京二六新聞に掲載されたのが八月一五日。西海の果てで執筆された原稿が一〇日目にもう東京の新聞記事になっている。郵便と鉄道の発達のおかげである。

この頃日本では鉄道旅行が一種のブームになっていたのではないか。漱石の『三四郎』（一九〇八）の冒頭は東海道を上る列車内の場面だし、鏡花『歌行燈』（一九一〇）は言うまでもなく列車による東海道中膝栗毛だ。鉄道による九州秘境探訪の連載記事は売れるよ、と鉄幹。九州ならまかせてよ、僕の故郷だ、と白秋。東京二六新聞がその話に乗ったのである。

白秋や杢太郎や勇はこの旅を振り返って、キリシタン遺跡の探訪だったとしている。キリシタンへの関心は西洋文化への憧れだ。この旅を経て、白秋は『邪宗門』という日本近代詩のメルクマールを打ちたてた。

明治四〇年前後は二〇世紀初頭である。ちょうど今が二一世紀初頭であるように、時代の転換は早い。五足の靴の翌年、一九〇八年、白秋、杢太郎、勇は鉄幹から別れて「スバル」を創刊する。「明星」(金星・ヴィーナス)から「スバル」(七星詩派・プレイアデス)へ。一人輝く鉄幹(あるいは晶子)から、名もなき星たちの連座へ。ともあれ若い詩人たちはあっという間に先輩を食い破って新しい歌声を響かせたのである。

さて、「靴」。一般に当時の学生は、袴、破帽、マント、下駄というスタイルだが、写真を見ればたしかに旅の五人は洋服で靴履き。若者四人は学生服、鉄幹はハイカラーに背広。この革靴でひどいときにはなんと山道を一日三〇キロ以上も歩いている。靴がよかったのか、足が丈夫だったのか。驚嘆するばかりである。

大名行列

仰々しいものの代表が大名行列。何しろ小藩でも一〇〇人、大大名だと二〇〇〇人もの供揃えを従えての行列だから事は簡単ではない。これは、たんなる江戸と領国との移動ではなかった。いわば軍事行動を模したもので、旗指物から槍、鉄砲、騎馬隊にいたるまで隊列を組んで粛々と行軍するのである。ただ、殿様は騎乗も甲冑もなし、お駕籠におさまって外の景色をのぞいたり、昼寝をしたりしていた。大名行列は、権威と格式と財力を誇示する絶好の機会だった。そろいのハッピを着たひげ奴も肩怒らせて威張っていたし、馬上にはイケメンの若侍をそろえて人目を引いた。しかし、そのための出費は莫大で、各藩の財政逼迫のもととなった。

庶民にとっては迷惑千万な大名行列だが、その上を行くものがもう一つあった。これをお茶壷道中という。

ずいずいずっころばし　ごまみそずい
ちゃつぼに　おわれて　とっぴんしゃん
……

茶壷恐るべし。これは将軍御用達のお茶を毎年宇治に採取に行った、その茶壷の行列のことである。これに行き逢ったら、大名でも駕籠から降りて敬意を表さなくてはならない。茶壺道中が来ていると知って、近所の寺に逃げ込んだ大名行列もあったという。

この道中、駕籠に乗るのはお茶壺、九つあった。羽二重で包み、さらに綿入れの袱紗《ふくさ》で包み、駕籠の中の箱に収める。お供は、お坊主の数奇屋頭、茶道衆、士分は御朱印持組頭、お茶壺組頭、その他警備の役人たち。入梅の頃江戸を出発というから新暦でいれば六月一〇日頃、宇治で新茶を入れて江戸に戻るのが土用前とあるから七月半ば、約一ヵ月と少しの旅である。道中は下記の如し。

小田原で酒肴。三島で酒肴。沼津で酒肴。原で鰹の刺身、玉子、大平（平皿に煮しめを盛ったもの）。蒲原で酒肴、水菓子。興津で活魚、「先を急ぐから」と言って、帰りに干鯛として持ち帰り。岡部で酒肴、鮎十連。掛川で麦素麺、葛団扇。新井で酒肴、蒲焼飯（うなぎめし）。白州賀で柏餅。大津で上林手代お迎え、汐見まんじゅう。

散々食ったり飲んだりしている。茶壺は食ったり飲んだりしないから、茶壺の威を借りてお供衆が楽しんでいるわけだ。

大名行列で大事なことを忘れていた。大名が今夜泊まることになっている本陣に「先番」と称する士が長持ちに雪隠の引出箱を収めたのを持ってきて、それへ殿様の両便を受け領国へ持ち帰った。私の田舎ではむかし老人が「バカ」「クソたれ」と同じ意味の罵言で「くそはこ」といっていたのを懐かしく思い出した。

芦花公園

薄田泣菫のエッセイ集『艸木虫魚』（岩波文庫）をぺらぺらとめくっていたら、中に「徳富健次郎氏」という一文があって、こう書いているのが目にとまった。

「私（薄田泣菫）は一度K書店の主人と道づれになって、今の粕谷の家に徳富氏を訪ねたことがあった。……私がそういって笑っているところへ、主人（徳富蘆花）がのっそり入って来た。そしてそこらを眺め廻しながら、『この家いいでしょう。土地の賭博打がもてあましていたのを、七十円で買い取ったのです。時々勝負のことから、子分のものの喧嘩が初まるので、そんなときの用意に、戸棚なぞあんなに頑丈に作ってありますよ。』」

ああ、芦花公園だ、と私には大変懐かしかった。正式には「蘆花恒春園」。今は東京都立公園になっている徳富蘆花の旧宅と庭園である。蘆花は一九〇七（明治四〇）年から一九二七（昭和二）年、六〇歳で死去するまで二〇年間ここに住んだ。

私もまた一九六九（昭和四四）年から一九八八（昭和六三）年まで二〇年間、同じ粕谷に住んでいた。芦花公園には歩いて一〇分でいけた。しかもそこには小規模ながらブランコや滑り台、砂場もあって、小さい子供を遊ばせるにはまことに安直かつ格好な場所だったのである。日曜日、子供がむずかると「さあ、芦花公園に行きましょう」と連れ出す。子供たちはそれぞれ勝手に遊ぶ。その間私は公園内の木々を眺めた。クヌギ、ナラ、タブノキ、イチョウ、ハンノキ、ユリノキなど、堂々たる高木が立ち並んでいる。『自然と人生』の著者が居を構えたとき、世田谷区粕谷はまだ武蔵野だったのだ。

「東京が大分攻め寄せてきた。東京を西にさる唯三里、東京に依って生活する村だ。二百万の人の海にさす潮ひく汐の余波が村に響いてくるのは自然である。……武蔵野の特色なる雑木山をむざむざ拓かるるのは、わしにとっては肉を削がるる思いだが、生活がさすわざだ、詮方はない。……」（『みみずのたはごと』）

粕谷に来て六年後の蘆花の感想である。それから一〇〇年、現在の粕谷は一二〇〇万の東京の中に完全に飲み込まれている。

今、世田谷を武蔵野といったら人に笑われる。しかし、わずかに、この芦花公園や井の頭公園、深大寺などに生い茂る高木に、武蔵野の面影が残っていると言えるだろう。

蘆花旧宅が博徒の家だったというのは、泣菫の文で初めて知った。たしか蘆花自身は、大工の妾宅を買ったと書いている。どちらが本当だかわからない。ただ、今に残る秋水書院は蘆花自身が建てたものだそうだ。

歌人・永石三男のこと

永石三男（一九〇四〜一九五八）は戦前戦後に活躍した佐世保の歌人。永石の弟子であり、佐世保文人の最長老・力武伊佐夫さんは、「あんな歌人はもう佐世保には出ないでしょう」と懐かしむ。それほど際立っていたのである。

永石三男は北原白秋の弟子だった。弟子といってもいろいろある。彼は欠かすことのできない白秋の高弟だったのである。

「先生の晩年の旅行には必ずと言っていいほど私が随行し、寝室も風呂もいつも一緒であった」と永石は書いている。白秋もはがきに記す、「今、肥前島原より大牟田に向け航海中。昨日雲仙を騎馬にて登山、快晴満山つつじであった。長崎佐世保の多磨支部熱烈狂喜せむとす。多磨見たか、この意気と香気と気韻とは無比なるべしと。いま三石（永石のこと）等も佐世保よりここまで従いて来ている」（木俣修宛　昭和一〇年五月三一日）。さらに永石は続ける、「特に先生重患に際しては直に呼び寄せられ、病床の御相手をすることになったが、病床における先生の肉体の隅々まで知っているのは奥様と私と二人だけであったろう。先生の背を揉むのも尿の処置をするのも私でなければ承知しない先生であった」。そしてついに、「先生を失った後の私の絶望感は深刻で到底他の人々には理解できない態のものであった」と書く。

なんという師への思いの深さだろう。師に仕えるにまさに鞠躬如たり。

ふたたびは帰らぬ今の現なり日向に佇《た》たす
師と我の影（雲仙にて）

白壁の日向のどけきこの家に書読みませし
我が師想はむ（柳川沖の端）

昭和一〇年六月、白秋は多磨短歌会を主宰し、雑誌『多磨』を創刊する。それに先立ち、同年五月、白秋は佐世保に降って、鵜渡越の白雲萬里荘において、永石をはじめとする佐世保の同人と歌会を催している。永石にとって待ちに待ったその日だったに違いない。

照れば鳴き曇ればひそむ松蝉の鳴き揃うときし
山はしづけし（鵜渡越）

佐世保市歌は永石三男（ペンネーム・辻井一郎）の作詞による。吉田紘二郎校定、堀内敬三作曲。昭和二七年、市制五〇周年を記念してできた。中田正輔市長の時代である。

秋の歌

秋の日の／ヴィオロンの／ためいきの
身にしみて／ひたぶるに／うら悲し。

鐘のおとに／胸ふたぎ／色かへて
涙ぐむ／過ぎし日の／おもひでや。

げにわれは／うらぶれて／ここかしこ
さだめなく／とび散らふ／落葉かな。

（ポール・ヴェルレーヌ「秋の歌」上田敏訳）

秋風が吹きはじめるとついつい口ずさむ歌。なんといっても秋の季節感が心をひたしてくる。まるで湯船にからだごと浸かっているかのように。ヴェルレーヌだからワインだろうが、もちろん日本酒にもあう。人生の盛りを過ぎて老いにさしかかった心境のようにも読めるが、この作品を作ったときヴェルレーヌは二〇歳、きっと青春への別れの絶唱なのだろう。

上田敏がこの歌を「落葉」と題して『海潮音』に訳したのが明治三八年（一九〇五年）、名訳として一世を風靡し一〇〇年後の今日に至っている。大正・昭和の大詩人、北原白秋は「私が先生と呼ぶべきは、森鷗外先生と上田敏先生のみ」といっているが、もし『海潮音』が世になかりせば、白秋の『邪宗門』もなかったろうし、日本近代詩の歩みだって様変わりしていたに違いない。『海潮音』の影響はとても大きかった。

変な話だが、明治になるまで日本に「詩」はなかった。あったのは「漢詩」ばかりである。もちろん和歌や俳諧はわが国固有の伝統だったが、ヨーロッパの poem に接してこれをどう訳するか、考えあぐねた末に唐ものの「詩」を借りて、詩となした。これが日本の詩の夜明けだったわけで、それからまだ一二〇～一三〇年しか経っていない。だからかもしれないが、日本の詩史においては上田敏や堀口大學といった外国文学研究家が大きな役割を果たしている。

「漢詩」が出たついでに一言。森鷗外や夏目漱石など明治の文豪はみな漢文に強かった。彼らはヨーロッパの文学を読み取るのに、漢文の知識と体系をフルに活用したのだ。何しろ漱石などは漢詩を自在に作っていたのだから。

話が硬くなってつまらないのはポイと捨てて、今はもう秋、ワインでも日本酒でも好きなものを飲んで酔い、たとえばアルカスでバイオリンの調べを楽しみながら、人生の悦び悲しみを噛みしめるのも、また一興か。

塔の上のモンテーニュ

モンテーニュ（一五三三－一五九二）はフランス・ルネサンスを代表する文人。モンテーニュが『エセー』（随想録）を書いたから、「エッセイ」という文学ジャンルが生まれた。エッセイストを僭称する筆者にとって、その元祖をここで扱うのはまことに面映いが、もともとの意味が「試みる」だからひるまず試してみよう。

フランス・ロワール河畔にシャンボールとかシュノンソーとかブロワとか美しい城が沢山あって観光の名所になっている。モンテーニュの生きたのはこうした城が次々と作られた時代だった。華やかな文芸が輝くルネサンス、そして同時に、新教・旧教の間に虐殺と陰謀が渦巻く宗教戦争の時代。

ボルドーの大商人だった祖父が位を買い取って貴族となった。幼いときからラテン語を学び、長じて法官になる。三七歳で公職を退き、館にある塔の四階の書斎にこもって、『エセー』を書き始めた。

塔についてモンテーニュは書く、「私はそこで一生の大部分の日を、また、一日の大部分の時間を過ごす。……もしも、私が（面倒を）恐れないなら、（この塔の）両側に、同じ平面に、長さ百歩、幅十二歩の歩廊を簡単につけることができたろう」。何のために？「すべての隠居の場所には散歩場がいる。私の思想は坐らせておくと眠る。私の精神は足に揺り動かされないと進まない」

ジャン＝ジャック・ルソーも言っている、「わたしは歩きながらでないと思索できない。……わたしの頭は足につれてのみ働くのだ」（『告白』第九巻）

フランスを代表する両文人が言うのだから間違いあるまい。実際、筆者も（と言ってはおこがましいが）文は歩きながら考える。しかし、剣呑な山道や車馬かしましい大通はやめた方がいい。考えに夢中で事故にあわないとも限らない。

モンテーニュはモラリストと言われている。そのため抹香臭いと敬遠される。しかし、おかしなことも色々書いている。

たとえば、「結婚は敬虔な、神聖な結びつきである。だからこそそこから得る楽しみは控えめで、真面目で、いくらか厳しさをまぜたものでなければならない。……（夫の）恥知らずな愛撫は、われわれの妻に対してはふさわしくないばかりか有害でさえある。妻たちがこういう恥知らずなことを覚えるのはせめてほかの人からであってほしい」（『エセー』第一巻三〇章）

モンテーニュの妻はよほど夫の哲学を信奉していたらしい。彼女は結婚して半年ばかりの間にさっそく「恥知らずな愛撫」を教える愛人をほかに作ったそうだ。

品格

藤原正彦の『国家の品格』がベストセラーになってから、やたらに「品格」と題した本が出版されている。曰く『男の品格』『女の品格』『子供の品格』……（子供に「品格」があったかしら。たしかに「栴檀は双葉より芳し」とは言うけれど）。

これでは柳の下のドジョウをねらった出版社の「品格」を問いたくなるが、「品格」の安売りはまだまだおさまりそうにない。そのうちきっと『猫の品格』と言う本が出てくるんじゃないか。もっとも日本からも日本人からも品格がうせたから声高にそれが叫ばれているわけで、人間に比べれば猫も杓子もまだ十分に品格がある。『猫の品格』などと書いたら猫に失礼になるだろう。

「品格」とは何か。玉磨がかざれば光なし、と言うけれども、品格とは、まず光るものでなければならない。兼好法師は品格ある人のことを「よき人」と呼んでいる。「よき人の、のどやかに住みなしたる所は、さし入りたる月の色も、一きはしみじみと見ゆるぞかし。今めかしくきららかならねど、木だちものふりて、わざとならぬ庭の草も心あるさまに、簀子《すのこ》、透垣《すいがい》のたよりおかしく……」（『徒然草』第一〇段）

差し込む月の色も違って見えるというのは、その人の輝きが和すればこそと思うほかはない。さらに品格は金銀財宝に比例しない。

「人はおのれをつづまやかにし、奢《おご》りを退けて宝を持たず、世をむさぼらざらんぞ、いみじかるべき。昔より、賢き人の富めるは稀なり」（『徒然草』第一八段）

日本は、いささか翳りが見えてきたとはいえ、金持ちの国である。品格を備えるのは難しい。男も女も子供も金、金、金と言っている。これでは持ち合わせの品格も雨にうたれた泥土のように流れ去る。品格は磨かなければ光らないが、金では磨くことができないのだ。「品格が落ちるというのは」とフランスの哲学者アランは言っている、「彼が自分を売るにしたがって価値を下げる変化である」（『定義集』）。

そういえば、毎日テレビに出て自分を売り込んでいるタレント、学者、有名人などなどが、出るたびごとに彼自身の品位を落としているような気がするのは、私の僻目だろうか。

しかし、三たび、兼好法師は書いている。

「なに事も、古き世のみぞしたはしき。今様は無下にいやしくこそなりゆくめれ」（『徒然草』第二二段）

昔はよかったというのは、私を含めた老いの一般の繰言で、それこそ今も昔も変わらないのかもしれない。

早世

「正岡子規三十六、尾崎紅葉三十七、斎藤緑雨三十八、国木田独歩三十八、長塚節三十七、芥川龍之介三十六、嘉村磯多三十七」

「それは、何の事なの？」

「あいつらの死んだとしさ。ばたばた死んでいる。おれもそろそろ、そのとしだ。作家にとって、これくらいの年齢の時が、一ばん大事で」

「そうして、苦しい時なの？」

…………


太宰治『津軽』本編の冒頭である。読んで暗然、ついで粛然、最後にため息をつくしかない。彼らが早世したことに驚くというより、むしろ彼らが三十代にしてすでに老成し、大業をやってのけていた、ということに驚くのである。

正岡子規は、一二歳のとき「聞子規（ほととぎすをきく）」という漢詩を作っている。

一声、孤月の下
血をはきて啼けり、聞くに堪えず

……

一二歳で「子規」を号しようと思ったかどうかは知らない。しかし、子規は、血を吐きながら病床に伏して作句を続けた。自らをホトトギスになぞらえ、文芸誌「ホトトギス」によって、近代俳句への舵をぐいと切った。

子規が本格的に作句に取り組んだのは明治二五年、二六歳のとき。明治三五年に三六歳で亡くなった。わずか一〇年間で俳句界の頂点に立ったばかりか、その影響力は一〇〇年後の今日の俳人のほとんどに及ぶ。まことに人間業を超えていると思うほかはない。

同じく尾崎紅葉。弟子の泉鏡花が神楽坂の芸妓桃太郎（本名、伊藤スズ）を身請けして同棲したとき、紅葉はそれに反対して、

「是も非も無い。さあ、たとえ俺が無理でも構わん、無情でも差支えん、婦（おんな）が怨んでも、泣いても可（よ）い。憧（こが）れ死に死んでも可い。先生の命令（いいつけ）だ、切れっちまえ。俺を棄てるか、婦を棄てるか」

と鏡花に迫る。新派の舞台で有名な場面だが、このとき紅葉じつに三七歳、鏡花、三〇歳。私たちは芝居の真砂町の酒井先生（紅葉）を六〇歳ぐらいの老先生だろうと想像する。主税（鏡花）はその前で平伏しているし、そう思わせる貫禄だ。明治文人の貫禄とでもいうか。

ちなみに太宰治は、『津軽』執筆後四年目、満三九歳の誕生日に死んだ。

泥棒詩人

石川や浜の真砂は尽きるとも　世に盗人の種は尽きまじ

ご存知大泥棒・石川五右衛門が、釜ゆでの刑に処せられるときに読んだ辞世の句。なるほどもっともだ、なかなかしゃれてる。でも、石川五右衛門が歌を読んだからといって、彼を歌人と思う人はまずいない。

しかし、フランスには、正真正銘の泥棒にしてしかも並外れた詩人あるいは作家がいた。たとえば中世随一の詩人フランソア・ヴィヨン（一四三一－一四六三以後）。大泥棒であるばかりか彼は人殺しでもある。パリに生まれ、パリに育ち、パリ大学に学ぶ。教養人のこの青年は不品行に身を持ち崩し、殺人強盗を行う。かろうじて特赦で絞首刑を免れるが、放浪と飢餓と盗みと牢獄生活の連続。その間に『形見の歌』と『遺言詩集』を残した。

その詩は、風刺と嘲笑、悔恨と自虐、失われた時や青春や恋への追慕、死の喚起と至上の純潔への憧憬など、さまざまなヴァリエーションを含んで独創的。

「さわれさわれ　去年（こぞ）の雪　いまは何処」（昔の貴女を歌ったバラード）は人口に膾炙している。

また、絞首刑の宣告を受けたときの「四行詩」は自嘲を簡潔に投げ出している。

われはフランソア、残念なり、無念なり、
ポントワーズのほとりなる　パリの生まれ
六尺五寸の荒縄に　吊り下げられて
わが頸は　臀の　重みを　知らむ

ヴィヨンはその度に悔いて、その度に行いは改まらなかった。そのこりない姿に自らを重ねたのが、太宰治の短編「ヴィヨンの妻」である。

これはヴィヨンの研究家である文学者の妻の視点から描かれた小説。この文学者、うそつきで泥棒。親切にしてくれる飲み屋を踏み倒そうとしたり、彼らの金を盗んだり。そのあまりに平然とした傍若無人ぶりに妻も飲み屋夫婦も思わず笑ってしまうほどだ。夫の借金を返すために妻はその飲み屋で働き始め、やがて夫婦の崩壊になだれて行く。

踏み止まろうとしながらずるずると死の淵へ傾斜してゆく太宰の心境を色濃く反映している。彼の死の一年前の作品である。

フランツ・カフカ博物館

この夏、チェコのプラハに行ったときフランツ・カフカ博物館に立ち寄った。

プラハの観光はヴルタヴァ川の左岸にそそり立つプラハ城から始まる。場内の聖ビート大聖堂は豪壮華麗なゴシック建築。城から坂を降り、聖人の彫像で埋め尽くされたカレル橋（ヨーロッパ最古の石橋）を歩いて渡り、右岸の商店やカフェやレストランや教会の並ぶ狭い路地を通って、旧市街広場に出る。中世の街そのまま。観光客でごった返している。

フランツ・カフカ博物館は、と地図を見ると最寄りの地下鉄駅が書いてある。地下鉄に乗る。東欧の地下鉄は深い。ウィーンもブダペストもプラハも、どこも川の底をくぐらなければならないからだ。駅に降り立って見わたせば、そこはなんと城の下、川岸ではないか。出発点に戻ったわけだ。カフカ的な軽いめまいに襲われる。

博物館は普通の民家。入るとまず売店。カフカの著書やマグカップ、その他もろもろのお土産品が売っていた。そこの裏口から出ると狭い中庭があって、丸い泉水があり、オブジェが二体水の中に立っている。二体といったのは、人の形をしているからで、股間の黒い突起から水がとばしっている。小便小僧はかわいいが、この像は立派な大人で、突起もかなり大きめで、よく見ると上下にゆっくり動いている。観光客が喜んで、その塑像と並んで写真を撮っていた。私も撮った。

中庭をはさんでいよいよ博物館。といってもこれまた同様の民家。二階が展示室で、カフカのノート（カフカは原稿をノートに書いた）や本人や家族の写真、さらに当時のプラハの様子が映像で展示されている。室内は無音。写真は薄く張った水底におかれていて、水はかすかに流れているのだろう。セピア色のさまざまな写真がゆらめいて見える。モニターの映像もゆらめくように写されている。

フランツ・カフカ（一八八三―一九二四）。マルセル・プルースト、ジェームス・ジョイスと並ぶ二〇世紀を代表する作家。三人とも一九世紀から二〇世紀への時代の変わり目を描きったと同時に、小説そのものの変革をもたらした。

さて、博物館で見た「ゆらめき」、これこそカフカ文学の本質だと私は思う。一行一行は明確な描写。それなのに作品全体は大きくゆらめいている。めまいするほどに。嘔吐するほどに。何がゆらめかせているのか。時間だと思う。作品の表層をかすかにずれて流れる時間が、その世界をゆらしている。

カフカ最後の未完の長編小説は『城』だ。

『三国志』

過日テレビで『三国志』を語るといった番組があって（タイトルは忘れた）、それを視た。大勢の素人の参加者が『三国志』の登場人物その他について語るのだが、その薀蓄に驚いた。参加者はほとんど若い人なのに、劉備《りゅうび》、関羽《かんう》、張飛《ちょうひ》、孔明《こうめい》、曹操《そうそう》、孫権《そんけん》など主人公クラスならいざ知らず、袁術《えんじゅつ》とか董卓《とうたく》とか夏侯淵《かこうえん》とか夏侯惇《かこうとん》とか私からすれば脇役としか思えない人物について、その人間像から行動の細部に至るまでとうとうと述べて止まるところを知らない。今どきの若者はすごい、こんなに熱心に古典を読んでいるんだ、と私は感心した。しかもよく話を聞いてみると、どうやらその入り口は劇画だったり、ゲームだったりしたらしいのに、二度驚いた。

私は漫画や劇画に精通していない。ましてや、ゲームに至っては未体験ゾーンである。確かに時代は変わった。古典を覗くめがねが現在は全く変わってしまったのである。こんな時代にまだ生きていてもいいのかしら、と私は小さくなって思ったりする。

『三国志』で思い出すのはフランス文学者桑原武夫先生のことだ。桑原先生のお父さんは桑原隲蔵《じつぞう》といって京都帝国大学の教授、日本の東洋史学の創始者だった。武夫先生が幼いころ、隲蔵パパは『三国志』の話を折に触れて息子に語り聞かせた。おかげで、先生は小学校に入る頃には『三国志』をほとんど暗記していたという。

また、先生の中学時代からの親友に、後の貝塚茂樹京大教授（中国史）、吉川幸次郎京大教授（中国文学）がいる。武夫先生自身、中国史学者になろうと中国文学者になろうと誰も文句の言えない、濃密な漢学の環境で育ったし、生涯それへの関心を持ち続けた。その先生が漢字制限論者だったのは面白い。遣唐使の廃止を建言した菅原道真は当代一の漢詩人だった。また、漢意（からごころ）を排して日本固有の「もののあはれ」を強調した本居宣長も漢学に通じていた。日本人が漢文化にのめりこもうとするとき（グローバルも同じことだ）、この人たちの発する警報は傾聴したほうがよい。

話が『三国志』から外れたが、劇画やゲームより前の世代、つまり私たちの世代の『三国志』は吉川英治のそれだといってよい。しかし、吉川三国志は翻訳（たとえば小川環樹訳の岩波文庫）と読み比べると情緒に流れ過ぎるきらいがある。おそらく日本の湿潤な風土と私たちの人情がこもっているからだ。本場の『三国志』はもっと苛烈。乾いていて、猛々しく、酷薄だ。それは、大陸の荒涼たる風土を映している。

ギリシア悲劇

ギリシア文学史の面白いところは、時代によってジャンルの変遷が見られることだ。前古典期（紀元前六世紀まで）には、当初叙事詩が、ついで抒情詩が栄え、古典期（前五〜前四世紀）に入るとまず「悲劇」が、そして後半には「喜劇」と散文が隆盛を極めた。

叙事詩は、言うまでもなくホメーロス（紀元前八〇〇年ごろ）の『イーリアス』と『オデュッセイア』。これは冒頭に突然出現した金字塔で、以後、ギリシア文学の流れをすべて決めてしまった。

『イーリアス』はトロイ戦争の物語。不死の英雄アキレウス（アキレス腱だけが彼の急所）とトロイの王子ヘクトールとの闘いをクライマックスにした大戦争叙事詩。神々と英雄たちが両派に分かれて組んず解れつの戦いを繰り広げる。

『オデュッセイア』はトロイ戦争後、帰還しようとする英雄オデュッセウス（ラテン語名ユリシーズ）の漂流冒険譚である。二〇世紀を代表するジェイムス・ジョイスの『ユリシーズ』は本書を下敷きにした小説だ。

抒情詩で有名なのはサッポー。レスボス島の出身で、少女たちに琴や歌舞を教えながら愛の歌を多く残した。「レスビアン」という言葉は彼女に起因する。

さて「ギリシア悲劇」。アテネを中心とするギリシア文明の最盛期に完成された詩劇である。アイスキュロス、ソポクレス、エウリピデスの三大詩人がきびすを接して登場し、当時の文学・芸術界を席巻した。

題材の多くはホメーロスの叙事詩に借りながら、英雄の悲劇を描いて、人間にとって運命とは何かを、深く、はげしく、鋭く、問い詰めてゆく。仮面劇であり、音楽劇であり、また、半ば登場人物・半ば観客であるコロス（合唱隊）の存在が特徴的だ。日本の能にも似ているし、ヨーロッパのオペラの原型でもある。ニーチェは処女作『悲劇の誕生』で、ギリシア悲劇を文芸の最高形態として、特にその音楽性を強調している。

台本も仮面も現存しているし、仮面を付ける役者の絵も残っているから、やろうとすればギリシア悲劇復元は十分できる。唯一、音楽は、音符が存在しないから推量するほかはない。あれほどまでにギリシア悲劇の本質に深々と迫ったニーチェの耳に、その音楽はいったいどのように聴こえたのだろうか？

愛

放映中のＮＨＫ大河ドラマ『天地人』の主人公直江兼続が兜の前立にあしらった一文字、「愛」が評判を呼んでいる。戦国武将らしからぬ文字の選択だというのだ。この「愛」はいったい何ぞ、「仁愛」か「愛民」か。妻お船への「愛」か。はたまた「愛染明王」あるいは「愛宕権現」か。諸説紛々だ。

「愛」はもともと日本語ではない。本場中国では「いつくしむ」「したしむ」の意で日本の古語では「かなし」に当たるという（白川静『字通』）。用例を見よう。

「愛すべきは君にあらずや。畏るべきは民にあらずや」（『書経』）。民は君主に親しみ、君主は民を畏れてつつしまなければならない）

「敬を以て孝するは易く、愛を以て孝するは難し」（『荘子』。恭敬を以ってする親孝行はまだやさしくて、情愛をもってする親孝行は難しい）

「敬天愛人」（西郷隆盛。天を敬い、人をいつくしむ）

「親愛の情」つまり「親が子を思う」あるいは「子が親を思う」心こそ「愛」の本義であって、男女の「恋愛」の意はもともと「愛」にはなかったのである。ではいつから「愛」がloveになったのか。浅学の私には、そのときを断定することはできないが、少なくとも明治以降、「愛」をloveの訳語として採用するようになってからに違いない。ちなみに森鴎外『舞姫』（明治二三年）には「愛」が二箇所出てくる。

「余がエリスを愛する情は、始めて相見し時より浅くはあらぬに」

「捨て難きはエリスが愛」

これはいずれもloveである。明治二三年の日本の読者が、この「愛」に引っかからずにすらすら読んだか、この「愛」何か変だぞと思ったか、もはや知りようがない。しかし、いまやあまねく、「愛」はloveとなった。兼続の兜の「愛」はloveの表明だったと私たちが解釈しても仕方ない。

話はそれるが、ドラマ『天地人』には男前が多すぎる。主人公直江兼続は実際に美男で、謙信のお稚児さんだったんじゃないかという話があるそうだが、石田三成の傾《かぶ》きぶり、真田幸村の魅惑、いずれも尋常でない。三成、幸村を抱えた秀吉が、兼続を欲しがるさまは、もう一人稚児が欲しいと駄々をこねる老人の嫌みがよく出ていて、笑ってしまった。

しかし、信長に蘭丸は有名だが、それに比べて秀吉のその方の話は、なぜだかあまり聞いたことがない。

一二月

一二月、冬。
春は木の芽が「張る」からハル。夏は木の実が「生（な）る」からナツ。秋は秋空が「アキラカ（清明）」だからアキ。冬は「ひゆ（冷）」だからフユ。
ハル、ナツ、アキ、フユ……。私たち日本人は縄文、弥生の昔から、季節を自然とひとつに感じて、かくも直截に呼び習わしてきた。木の芽を見て、「ああ、ハル！」。人の心がふくらみ、温まり、張ってくる。そこから万葉の和歌までほんの一跳びだ。たとえば、

石走る　垂水の上の　さわらびの
萌え出づる春に　なりにけるかも
（志貴皇子）

年を取るにしたがって、往く時の速さを痛切に感じるようになった。一年はまたたく間。今はもうはや冬、「ひゆ（冷）」を感じる季節だ。

ああ、季節よ、城よ、

無疵なこころが何処にある。

（ランボー『地獄の季節』）


しかし、冷え込んでばかりいても能がない。まずは歳時記を眺めて温まるべし。たとえば風呂吹、根深汁。白菜、にんじん、葱《ねぎ》に蕪。おでん、湯豆腐、のっぺい汁。これすべて一二月の季語。おまけに魚がいい。鯨、あんこう、河豚《ふぐ》、鮪。海鼠《なまこ》、鱈、鰤《ぶり》、牡蠣《かき》、うるめ。歳時記をめくるだけで、みるみる熱燗が進む。

一二月の食材がこんなに豊富なのは、あるいは新酒の時期に合わせたのかと疑いたくなる。師も走るというこのせわしい時期に、忘年会と称してたびたび酒席を囲むのも、酒がうまくて肴がいいのだから、あたりまえと納得する。


一二月、冬。

昭和は一九二六年一二月二五日。クリスマスに始まる。だから昭和元年は丸一週間しかなかった。即位した昭和天皇は二五歳。三一日には大奥お局制度を廃止している。新帝の皇室近代化への改革の意欲がありありとうかがえる。

一五年後、昭和一六年一二月八日、真珠湾攻撃によって日米開戦。人間には、一寸先は本当に見えない。ただ過去の歴史を見ることができるばかりである。

アルカス開館一〇周年

ご存知、天岩戸から天照大神がふたたび現れる場面、
日神（天照大神）が石窟《いわや》から出御になった時、天は、始めて晴れ、眼の覚めたように神々達が見合わせる面は、みな、白々とはっきり分かってきた。そこで神々は、手を伸ばして踊り歌い、どっと称えあって声高く、

あはれ（天晴れの意義）
あな面白し（古語に、事の甚だ切なるを、みな阿那《あな》と言う。衆神の面明白《おもしろし》の意）
あな楽し（手を伸ばして舞うの意）（今楽事を指して之を多能志《たのし》というは、この意）
あなさやけ（竹の葉の声）
をけ（木の名、その葉を振る調）

そうして、天児屋命《あまのこやのみこと》と太玉命《ふとだまのみこと》が、一緒になって、天照大神に請い申して云うに「ふたたび石窟に入り給うな」と。

（『古語拾遺』加藤玄智校訂）

「あはれ」のところから原文で示せば、

阿波礼（言天晴也）
阿那於茂志呂（古語、事之甚切、皆、称阿那、言衆面明白也）
阿那多能志（言、伸手而舞、今指楽事謂之多能志。此意也）
阿那左《さ》夜《や》憩《け》（竹葉声也）
飫《を》憩《け》（木名也。振其葉之調也）

ここに日本の美学のすべてがある。「あはれ」は「ああ、はれ！」という感嘆詞で感動を表すが、これが「物のあはれ」の語源であることをは言うをまたない。情（こころ）が感（うご）くことこそ「あはれ」なのである。「天晴れ」も「憐れ」も「あはれ」から派生した。「面白い」とは文字通り顔が白く輝くこと。よみがえった光に向けられた神々の顔が等しく歓びで輝いている。「楽し」はおそらくは「手伸《たの》し」。「手の之を舞い足のこれを踏むことを知らず」という状態。うれしくて小躍りをするさまだ。

アルカス開館一〇周年。どうかこれからも、私たち佐世保市民が、心から感動し、顔を輝かして見つめ、心弾ませるような出し物を、取り揃えていただきたい。「ほらごらん」「面白いね」「楽しいね」と私たちがどっと称えあうような出し物を！

蛍

宵闇の迫るころから明滅しはじめ。やがて無数乱舞して、光のシンフォニーを奏でる。息を呑み、暑さを忘れて、私達はその無音のライブに引きこまれてゆく。そう、蛍狩りは、初夏の風物詩としてだれの心にも残る思い出だ。

水辺の木立、発光する蛍はその天辺まで飛んで木々を電飾で包む。まるで季節はずれのクリスマスツリーのように。

己が火を木々に蛍や花の宿　　芭蕉

蛍はすかして見るのがよい。艶《なま》めくのだ。

狩衣《かりぎぬ》の袖の裏はふ蛍かな　　蕪村

『源氏物語』の「蛍」もまた同じ。光源氏が薄い帷子《かたびら》に蛍を包み、それを一挙に放って玉鬘のあでやかな姿を兵部卿宮に見せようとするくだり。

「(源氏) 御几帳の帷子を一重うちかけたまふにあわせて、さと光るもの、(玉鬘) 紙燭をさし出でたるかとあきれたり。(源氏) 蛍を薄きかたに、この夕つ方いと多くつつみおきて、光をつつみ隠したまへりけるを、さりげなく、とかくひきつくろふやうにて。……(源氏)『おどろかしき光見えば、宮ものぞきたまひなむ』」

狩衣といい、帷子といい、夏の季節にぴたりと合った薄物に蛍はひときわ映えるように思われる。光が透けて薄物も一緒に妖艶に輝くのだ。

私たちの世代はまだ蚊帳を知っている。蚊帳の中に放った蛍が、呼吸をするかのように明滅するさまは、内から見ても外から見ても美しい。蛍によって蚊帳が濃密な空間に一変する。艶めくのは、蛍光が雌雄の愛の呼応だからというよりも、その光のショーが水辺で演じられるからだろう。

もの思へば沢の蛍もわが身よりあくがれいづる魂かとぞ見る

和泉式部

まことに蛍は、発光しつつ浮遊する魂と水のイメージを重ね持っていて、それが、私たち日本人のエロティシズムを強く揺さぶるのである。

美

「美」は「羊」と「大」を合わせた象形文字。「大きい羊」でも意味が通りそうだが、下部の「大」は羊の後脚を含む下体の形。『説文』に「甘きなり」と訓し、「羊は主として膳に給するものなり。美は善と同意なり」とあって、羊肉の甘美なる意だという。もっともこの羊、神にささげる犠牲の羊で、その完全無欠さへの誉め言葉である。（白川静『字通』）

羊をもって美となす、さすがに遊牧民の面目躍如と感心するが、しかし、美＝うまいが、中国に限らないのは、たとえばアメリカ人に食事を出して、彼が“Beautiful!”といえば、それは見た目に料理が綺麗だというのではなくて、「おいしい」と誉めている。日本語だって「美し《い》」というのは「うまい」という古くからの言葉で、それに「お」という接頭語が付いているに過ぎない。つまり日中米のあいだには、「うまい」は「美」で何の齟齬《そご》もなく通じ合っているわけだ。

しかし、「美しい」となると話は別だ。

日本語の「うつくし」は古くは「美」ではなかった。『広辞苑』をそのまま写せば「肉親への愛から小さいものへの愛に、そして小さいものの美への愛に、と意味が移り変わり、さらに室町時代には、美そのものを表すようになった」という。つまり昔、「うつくし」は「うつくしむ（愛しむ、慈《うつく》しむ）」であり、「慈《いつく》しむ」と同意だったのである。小さいものへのいとしい愛。これこそ「うつくし」だし、私たち五島の古い方言「みじょか」の意味するすべてだろう。

中国の美は完全無欠の羊だった。西洋の美はギリシャのミロのヴィーナスに代表される、完全無欠の均整の取れた形、これこそが西洋の美である。

そして日本の美は？

これから先は今道友信先生の受け売り。すなわち、はなやか、なまめかし、みずみずし、しげし（繁し）、渋み、枯れたる、など日本の美意識の述語は植物の四季折々の状態を述べたものが多い。

「丈高し」は夏草の、「さび」「しおり」「ひえさび」は秋から冬にかけての植物のたたずまいに関係するところが多い。そうであるなら、と今道先生はいう、「日本の伝統的美意識を植物的世界観に定着せしめようと思う」と。（今道友信『東洋の美学』）

日本と中国は同じではない。日本と西洋は同じではない。それぞれ独特の美学が伝統の中で育まれている。

曽我兄弟

一二月恒例の出し物は「忠臣蔵」。赤穂浪士の討ち入りは師走半ばの一四日だから、もちろんそれに合わせている。映画もテレビも新作旧作入り乱れての連日の放映で、不況の昨今、忠臣蔵だけは大盛況だ。

明けて新春となると、歌舞伎は昔から曽我物と決まっていた。「忠臣蔵」「曽我兄弟」、荒木又右衛門の「鍵屋の辻の決闘」。これ、わが国の三大仇討ち。その二つまでが年末年始の舞台を飾るというのも面白い。

時は建久四年（一一九三年）五月二八日、征夷大将軍・源頼朝の率いる富士の巻狩りにおいて、曽我十郎祐成《すけなり》（二二歳）と曽我五郎時宗（二〇歳）の兄弟が、父の仇工藤祐経《すけつね》を討ち取った。

事の始まりは家督相続のこじれ。兄弟の父・河津祐道《すけみち》は狩の帰りに、宿意を持った工藤祐経の郎党に射殺される。祐道の幼子、一万（十郎）五歳、箱王（五郎）三歳のとき。母は泣く泣く兄弟を連れて、曽我祐信に再嫁する。物心ついてからひたすら敵討ちを念じる兄弟に不安を感じた母は、弟箱王をゆくゆくは僧にして父の菩提を弔わせようと、箱根権現に稚児として上げる。

箱王一七歳、いよいよ剃髪しようとするときに敵討ちをあきらめきれず、北条氏を頼って元服し、五郎時宗と名乗る。母は怒って五郎を勘当する。以後、十郎・五郎兄弟は工藤祐経を付狙い、艱難辛苦の末仇を討つ。十郎はその場で討ち死に、五郎は捕らえられて斬首された。

「寿曽我対面」では、十郎は和事、五郎は荒事と演出が決まっている。歌舞伎十八番の「助六」の助六も、「矢の根」の五郎も、「下郎売」の薬売りも、すべて実は五郎時宗である。歌舞伎の世界では、圧倒的に五郎がヒーロー視されている。

しかし、『曽我物語』では事情はいささか違う。兄弟の母はいう、

「（五郎は）遥かに（長い間）見ねばや、老《おい》ぐみて（ふけて）見ゆるものかな」。あるいは、「これらはみな（息子達二人とも）長《たけ》も骨柄《こつがら》も遥かに父には劣りたり。五郎は、山寺に育ちたれども、色黒く、くまみて（老けて）見ゆる。十郎は、里育ちなれども、色白く、すはやかなり（すらりとしている）。わが子なればや、よき者（よい男）かな」。

芝居の凛凛しいイメージとは裏腹に、母の言葉の端々に、家を離れて苦労した五郎のやつれた実像が垣間見える思いがする。

東は東、西は西

フランスのロワール河畔には、いくつもの城館が点在していて、観光の名所となっている。パリから一日コースで観光バスが出ていて、城めぐりに加え、この地方はワインでも名高いから、優雅な楽しい旅になること請合いだ。

数ある城の中で有名なのがブロワ城。まず眼を引くのがフランソワ一世棟の螺旋階段。その後うやうやしく通されるのがカトリーヌ・ド・メディシス(イタリア名はカテリーナ・デ・メディチ一五一九−一五八九)の小部屋。

まず螺旋階段。城の中央に塔のように直立し、半周は外部に突き出ていて、城の特徴を印象づけている。往時はこの階段を馬で駆け上がっていた。日本の城ももともとは戦時の拠点だから、具足をつけたまま城中を歩くことはあったろうが、天守閣まで馬で駆け上がるようにはできていない。土間に生活するヨーロッパや中国と、下足を脱いで高床で暮らす日本との大きな違いだ。

さて、カトリーヌ・ド・メディシスの小部屋。その名の通り彼女は、イタリアはフィレンツェのメディチ家の息女。フランス王アンリ二世に嫁いでブロア城の女主となる。小部屋はなんの変哲もないが、隠し戸棚に毒入りの小瓶がずらりと収まっていたという。ガイドは声を潜めてさも曰くありげにこの戸棚を披露するのだ。

メディチ家というのは薬屋だったのだから、文字通り毒は彼女の自家薬籠中のもの。しかし、新教徒を何千人も犠牲にしたサン・バルテルミの虐殺では、彼女の命で銃剣による血なまぐさい殺戮が行われた。さすがに毒が足りなかったのかも。

わが国の毒といえばトリカブト。しかし、歴史上、毒はさほど話題にはなってはいない。思い出すのは先代萩ぐらいか。韓流ドラマを見ていると、毒が多用されていて、銀箸の使用もなるほどと思われてくる。

さて、件のカトリーヌは嫁するときフォークをフランスにもたらした。フォークばかりでない。イタリア・ルネサンスの精髄を持ち込んだのである。そのルネサンスからして、押し寄せるイスラム世界の高波に打たれて、ヨーロッパで花開いたことは見やすい道理だ。

実際、フォークはアラブから、コーヒーはトルコから、文明として西洋に流入した。

「東は東、西は西。両者の出会うことなし」（キプリング）。否。文明はつねに出会っている。

比翼の鳥、連理の枝

唐の詩人白居易（字、楽天　七七二－八四六）の長詩「長恨歌」のクライマックスの詩句。
玄宗皇帝と楊貴妃の永遠の愛の誓いの言葉である。

天に在《あ》りては願はくは比翼の鳥と作《な》り
地に在りては願はくは連理《れんり》の枝と為《な》らむと

しかし、そうはならなかった。
「宛転《えんてん》たる蛾眉《がび》（美しい楊貴妃）馬前（玄宗皇帝の）に死す。君王（玄宗皇帝）面を掩《おほ》ひ救はむとして得ず」最愛の妻が目の前で部下に殺されるのを、皇帝はなす術もなくも見守るほかなかったのである。

天長地久有て尽くとも
此の恨みは綿々として尽くるの期《とき》無けむ

という詩人の慨嘆のうちにこの長詩は終わる。悠久のときを超えてなお恨みは残るだろう。されればこそ「長恨歌」なのだ。

玄宗が唐の第六代皇帝に即位したのは七一二年。日本では元明女帝の御代。二年前に平城京に遷都したばかりで、『古事記』『風土記』『日本書紀』が相次いで編纂され、国家の統一イメージが確立されようとしていた。それから四〇余年。名君と謳われた玄宗は楊貴妃への愛におぼれ、政務をかえりみず、ついに安禄山の反乱を招くに至る（七五五年）。わが国が、「あをによし奈良の都は咲く花の薫《にほ》ふがごとく今盛りなり」と都の変貌（今で言えば近代化であり、外国化であったろう）に酔いしれた時代である。

七六二年、玄宗死す。同年、詩人李白死す。七七〇年、詩人杜甫死す。七七二年、白居易生まれる。八〇六年、「長恨歌」成る。

少し前、七九四年には桓武天皇が、平安京に遷都した。長い平安時代の始まり。その長い間、仏教を除けば、わが国文学への影響は白楽天が抜きん出ている。

漢文では菅原道真（八四五－九〇三）。「鳥は、比翼暮棲の移ること無し」

一〇〇年後、和文で清少納言『枕草子』。「『香炉峰の雪いかならむ』と仰せらるれば、御格子上げさせて、御簾を高く上げたれば、……」

同じく紫式部。「長恨歌」がもしなかりせば、『源氏物語』も存在しなかっただろう。

宴会

ルーブル美術館で二番目に大きな絵画といわれるのがヴェロネーゼの「カナの婚礼」。縦六メートル七〇センチ、横一〇メートルという大画面。ヴェロネーゼはイタリア・ルネサンス期、ヴェネツィアを舞台に活躍した画家である。

「カナの婚礼」は聖書ヨハネによる福音書の物語にちなむ。カナという村の婚礼に招かれたイエスが水がめの水をワインに変えた奇跡の話だ。

場面はまさに宴たけなわ、回廊の上には見物衆が押しかけ、下の広間には、コの字型にしつらえた宴席に、イエス・キリストを中央にした大勢の来賓が集って宴を楽しんでいる。その前景には楽師たちが音楽を奏で、右では給仕たちが水がめからワインを注いだりしている。

面白いのは中央、楽師たちの足元に二匹、画面の左端に一匹、都合三匹の犬が描かれていることだ。実はこの犬こそ曲者で、画家の単なる遊び心で式場に迷い込んだわけではない。

昔、ヨーロッパの宴会では、客は肉の骨、鳥の骨その他諸々、足元の床に捨ててよかった。その床掃除を受け持ったのが犬たちなのである。宴席のテーブルの下、ブーツの回りやスカートの中で、犬たちは動き、しゃぶり、噛み、飲み込んでいた。思うにさぞ騒々しいことだったろう。よほどなれないと、客たちは落ち着かなかったに違いない。

というわけで、犬は宴会のシンボルになった。足元に犬が二、三匹描かれていれば、これはもう宴会の図なのである。

ヨーロッパでは足元に骨を捨ててよかったといったが、中国も似たようなもので、骨や蟹殻などはテーブルの上に直に捨ててよい。小籠ではき取って捨ててくれる。ヨーロッパも中国も食事は土間でしたから、そうしたことが許されたのだろう。床の上に座って膳で食する日本とは違うのだ。日本で骨を回りに撒き散らしたら、後始末が大変で、無作法のそしりは免れない。

昔のヨーロッパの宴会で奇妙なのは、ワイングラスが隣同士の二人に一個しかなく、もやいで飲むようになっていたことだ。ワインを飲む時は、油だらけの口元をナプキンで綺麗にぬぐわなければ相方に失礼に当たった。今でも食事中せわしなくナプキンで口をぬぐう外国人を見かけることがある。日本にも、献酬返杯はあるが、口はぬぐわない。懐石料理ではそんなに口が汚れそうにないし、杯洗があったりするからかもしれないが。

天国

天国とはどういうところか、ちょっとのぞいてみよう。

『聖書』には天国の描写はさほど多くない。「ヨハネ黙示録」（第二一章）に「城壁は碧玉で築かれ、都はすきとおったガラスのような純金で作られていた。都の城壁の土台は、さまざまな宝石で飾られていた」とあり、宝石で作られた光り輝く都市のありさまが描かれている。キリスト教ではむしろ教会そのものが天国のイメージなのだ。『神曲』は、ダンテが地獄、煉獄、天国を経巡る叙事詩。それによれば、地獄には星がなく、煉獄では星が見える。そして天国は、星そのものへと昇っていく。天国は希望と光の国なのである。

イスラム教はもっと具体的。天国とは、簡潔にこのようなものである。「いまに神様のところで潺々《せんせん》と河川流れる楽園に入れて戴いて、そこに永久に住みつき、清浄な妻を幾人もあてがわれ、アッラーの特別の思召しを頂戴する」（『コーラン』「イムラーン一家」井筒俊彦訳）「潺々（センセン）と」というのは、さらさらと流れる川のありさま。なんとも語の響きがいい。清浄な妻とは神女フールのこと。回教の伝承によると、信者は死後楽園に入ると同時に彼女らに迎えられ、地上においてラマザーン月に断食した日の数と、善事を行なった数だけ彼女らと歓を交えることが許されるが、しかも彼女らは永遠に処女であるという。

最後に仏教。仏典の極楽の描写はもっとも微に入り細をうがっている。そのごく一部、「アーナンダよ、かの〈幸せあるところ〉という世界は、種々のかぐわしい香があまねく薫っており、種々の花や果実が豊かであり、宝石の木々に飾られ、如来によってあらわし出された、たえなる音声をもつ種々の鳥の群れが住んでいる。また、アーナンダよ、かの宝石の木々には種々の色、多くの色、幾百千の色がある。かしこには黄金色の、黄金でできた宝石の木々があり、銀色の、銀でできたものもあり、瑠璃色の、瑠璃でできたものもあり、……」（浄土三部経「無量寿経」一六）

先年バリ島に遊んだおり東屋で憩った。微風が体を撫でる。「自然《じねん》の徳風、徐《しず》かに起りて微動す。その風、調和にて、寒からず暑からず、音涼《おんりょう》柔輭《にゅうなん》にして、遅からず疾《はや》からず。……風、その身に触れなば、みな、快楽をう」（同「無量寿経」二一）

まさにその通り。これぞ極楽、私は夢心地で実感した。

アルカスSASEBO一一年

アルカスがオープンしたのが二〇〇一年三月一日、くしくも二一世紀の開幕を飾っている。いらい一一年、日本丸の航路がおぼろげながら見えてきたような気がする。まさに波高し。九・一一の衝撃、三・一一の惨事、まことに想定外の高波が二一世紀の世界を、日本を襲っている。グローバル化、地球環境、高齢化と人口減少、自然災害、原発事故、いずれもさばきが容易でない厄介な問題が覆いかぶさって、日本丸の背骨はぎしぎしと音を立てて折れんばかり。二一世紀になってから日本の首相は七人。小泉首相が五年もったから、以後は毎年一人交代した計算だ。万一日本丸が座礁してごらん。近頃は船長がいの一番に脱出するのが流行なのだから。

暗い世相にも明るい光はある。アルカスに話を戻そう。

佐世保港に入港した豪華客船といった風情のアルカス号。その操舵さばきはなかなか見事だった。毎年ゆったりと航海して、それなりの成果をしっかり積み込んで帰港する。アルカスには、本物の芸術と市民をつなぐ鑑賞事業と、市民参加型の交流・育成事業の両面があって、その組み合わせとバランスが大事なのだが、一一年積み重ねられてみると、枝振りのよい木が育っているのが目に見える。

私にとってうれしいのは西洋音楽。ミッシャ・マイスキーが来た、マルタ・アルゲリッチが来た、ブーニンが来た。「フィガロの結婚」を観た、「アイーダ」を観た、「カルメン」を観た。N響、新日本フィル、東京フィルはじめ、ウィーンやブダペストやプラハなど音楽の町の楽師たちが大勢やってきた。はじめは彼らも私たちも固かったし、ぎこちなかった。いま彼らは茶目っ気を発揮するし、私たちはその音楽にすぐ乗ってゆく。

音楽は官能の愉悦だと私は思う。苦悩をくぐり、悲しみに耐え、歓喜に昇華する。生の音楽は肉体を喜ばす。背筋が伸び、血流がよくなるのだ。

詩は音楽をあこがれる、とヨーロッパの詩人は言った。建築は凍れる音楽だという。アポロンの芸は諸芸術の冠なのだ。ボードレールは恋人に呼びかける、さあ、旅立とうかの国に、そこにあるのはただ「諧調と美、豊かさと静寂（しじま）と快楽（けらく）」（「旅への誘い」）。これこそ芸術の定義であり、音楽の定義に他ならない。

というわけで、アルカスに感謝を捧げ、今後ますますの豊かな航海を祈ってやまない。

無常という事

「ゆく河の流れは絶えずして、しかももとの水にあらず。よどみに浮かぶうたかたは、かつ消え、かつ結びて、久しくとどまるためしなし。……朝に死に夕べに生まるるならひ、ただ水の泡にぞ似たりける」

誰でもがそらんじている、鴨長明『方丈記』の冒頭である。冒頭の印象が強すぎて、『方丈記』は無常について書かれている随筆だということは分かっていても、中身はどうだったか判然としないまま、打ち捨てて今日にいたる。

読み返せば、短編だからさほど苦労はない。

先ず、安元三年（一一七七年）の大火、次いで治承四年（一一八〇年）の辻風と福原遷都、養和元年（一一八一年）の飢饉、元暦二年（一一八五年）の大地震という五つの自然災害（遷都は人災だが）を体験して、世の無常を感じ、六〇歳になって都を離れ、日野山に方丈（四畳半一間の庵）を営んで、隠棲した暮らしぶりと心境を記して終わる。

安元三年、大火の直後、鹿（しし）ヶ谷謀議が発覚している。俊寛らの平家討伐の謀議である。

元暦二年、壇ノ浦で平家滅亡。つまり『方丈記』の時間は平家物語とぴたりと重なる。

平家の怨霊の祟りだといわれた元暦二年の大地震を『方丈記』で見てみよう。

「そのさま世の常ならず、山は崩れて河を埋み、海は傾《かたぶ》きて陸地をひたせり。土裂けて水湧き出で、巌割れて谷にまろびいる。なぎさ漕ぐ船は波にただよひ、道行く馬足の立ち処を惑はす。都のほとりには、在々所々堂舎塔廟ひとつとして全からず、或は崩れ或は倒れぬ」

東日本大震災では、「海は傾《かたぶ》きて陸地をひたせり」どころではなく、みるみる総なめに陸地を舐め尽したけれども。

東日本大震災の後、「無常」が人の口の端に上るようになった。戦後の繁栄や経済成長の見果てぬ夢を、圧倒的な津波が水の泡のように消し去ったからだろう。

小林秀雄に「無常といふ事」と言う短文がある。一九四二年、戦争のさなかに書かれた。鎌倉時代、ある女房が人の寝静まった夜更け、鼓を打ち、心澄ました声でうたう。その心を問われて、「生死無常のありさまを思ふに、この世のことはとてもかくても候。なう後世をたすけ給へ」と言った。小林は言う、「現代人には、鎌倉時代の何処かのなま女房ほどにも、無常という事がわかっていない。常なるものを見失ったからである」と。

李白の秋

秋来ぬと目にはさやかに見えねども風の音にぞおどろかれぬる（藤原敏行朝臣）

『古今和歌集』巻第四「秋歌上」の第一歌。まことに秋はそのように忍び寄り、私たちは、はっと心の耳を澄ますのだ。

秋の日の　ヴィオロンの　ためいきの
身にしみて　ひたぶるに　うな悲し。（ポール・ヴェルネール）

洋の東西を問わず、古来、秋は物思いの季節、歌の季節だった。
今、秋を、詩仙李白（七〇一～七六二）に見てみよう。先ず有名な「静夜思《せいやし》」から。

牀前《しょうぜん》　月光を看る
疑うらくは是れ地上の霜かと
頭挙げて　山月を望み

頭を低《た》れて　故郷を思う

凍れる月影がくっきりと、望郷の念を映している。何という静謐。何という白光。

白髪　三千丈
愁いに縁《よ》りて箇《かく》の似《ごと》く長し
知らず　明鏡の裏
何れの処か秋霜を得たる　（秋浦の歌　その一五）

李白「酒仙・詩仙・謫《たく》仙」と呼ばれた。謫仙とは、天上界から人間界に流謫（追放）された仙人の意味。とてもこの世の人ではないという賞賛の言葉である。年少の友杜甫は、李白をこう歌っている。

李白は一斗　詩百篇
長安市上　酒家に眠る
天子呼び来たれども　船に上らず
自ら称す「臣は是れ　酒中の仙」と

父鷹子鷹

東京駅がリニューアルされて、大正時代の開業時に復元されたという。東京駅の開業は一九一四年（大正三年）。一九四五年、米軍の空襲でドーム屋根と三階部分が消失した。それが六七年ぶりに元に戻ったというわけだ。

東京駅の設計者は辰野金吾（一八五四〜一九一九）。景気動向の発表のとき必ずテレビに出る日本銀行の本店も彼の設計である。

彼は国会議事堂も設計するつもりだった。しかしその建設がなかなかすんなりとは決まらない。年月が経っていざ実現の段取りに至ったとき、彼の役回りは設計者選考の審査委員長だった。

辰野金吾は唐津藩の出身。武雄温泉の楼門と新館も彼の手に成る。平成一五年の復元なのに平成一七年にはもう国の重要文化財となった。

明治建築界の大立役者辰野金吾の長男が、かの有名な辰野隆《ゆたか》先生である。東大フランス文学科の初代日本人教授だ。隆先生は法科を出て、いったん日銀に就職が決まったのだが、文学をやりたいと言って仏文に鞍替えした。お父さんの金吾は「何という軟弱者」と天を仰いで嘆いたという。いらい、東大仏文の学生の父兄のほとんどが、創始者のお父さんと嘆きを同じくすることになる。

父の金吾は工部省工学寮（後の東大工学部）に入学した。入学した時の成績はビリの三〇番。卒業のときはトップだった。いかに勉強家だったか分かる。

子の隆先生もフランス文学科を一番で卒業した。ただ本人の言によれば、卒業生は一人だったそうだから、勉強したかどうかは分からない。

辰野隆先生のお弟子さんはきら星の如し。中でも小林秀雄、三好達治、渡辺一夫は特に有名。辰野先生は、オレの弟子には日本一の批評家と日本一の詩人がいると豪語したとか。小林秀雄と三好達治のことだ。二人ともまだ学生時代から輝いていた。

太宰治は辰野先生の試験を受けながら、自分を日本一の小説家に擬している。（『晩年』）しかし、辰野先生は、太宰治を弟子とは認めなかったらしい。勉強しない学生は弟子の仲間に入れてもらえなかったのだ。

辰野先生はカンニングが嫌いで、落第点はつけないからカンニングだけはするなと公言した。それなのに作家の武田麟太郎は辰野先生の目の前であえてカンニングを犯し、先生の逆鱗に触れてついに放校になった。

ほんやく

世界の文学を読みたかったら、日本語を勉強すればいいという笑い話がある。ことほどさように、日本は翻訳が盛んだということだ。欧米文学は言わずもがな、中国、インド、アフリカ文学に至るまで、日本語で読めない文学はないというわけだ。

古来、日本人は漢文を訓読みにしてそのまま読み下すという驚くべき術を身につけていた。中国語の発音が一音もできなくても、『論語』の意味内容を理解することができたのである。明治以降、読むべきは先進国欧米の本ということになる。アルファベットは表音文字だから、これは、いくら音を流してもチンプンカンプン、タテのものをタテに読み下す漢文のように、すんなりと意味を読み取るわけには行かない。先人たちは四苦八苦して翻訳の技術を開発して行ったのである。しかし、明治の翻訳を見れば一目瞭然、何と見事に（徹底して）、漢文調に統一されていることか！　イギリスの詩もフランスの小説も漢詩漢文そのままと言う他はない。

加藤周一さんに「ほんやく文学の偉大と悲惨」という、一文がある（「文藝春秋」一九五六年、『雑種文化』収録）。

加藤さんによれば、「外国文学のほんやくがさかんなのは、今はじまった現象ではない。

明治より大正、大正より昭和と、次第にさかんになって遂に今日の盛況を呈するに到った」。それはよい。この文が書かれたのが昭和三一年だから、中央公論社の「世界の文学」や筑摩書房の「世界文学大系」などのシリーズが出始めたころだ。私にはあの時代が懐かしく浮かんでくる。

さて、続けて加藤さんは言う、「明治以来西洋文学のほんやく・紹介がさかんになるにつれ、西洋文学の影響は日本の文学作品から消えていった」。

これは私たちの常識とはいささか違う。新しい世界文学の土壌の上に、真の、「新しい！」日本文学が生まれ、成長する、というのが私たちの（というか、私の）凡庸な図式的常識だった。文学はもっと、日本独特の固有のものだと加藤さんは指摘する。

近頃海外文学の翻訳が低調な気がする。欧米でこれぞというめぼしい作品が生まれていないからかもしれない。あるいは、世界に右顧左眄《うこさべん》しないですむほど、日本文学が隆盛を誇っているのかもしれないけれども。

椰子の実

明治三十年（一八九七年）夏、私（柳田国男）はまだ大学二年生の休みに、三河の伊良湖崎《いらござき》の突端に一月あまり遊んだ。毎朝早天の日課には、村を南に出て僅かな砂丘を横切り、岬のとっさきの小山という魚附林を一周することにしていたが、そこにはさまざまの寄物の、立ち止まってじっと見ずにはおれぬものが多かった。……そこには風のやや強かった次の朝などに、椰子の実の流れよっていたのを、三度まで見たことがある。……

この話を東京に還ってきて、島崎藤村君にしたことが私にはよい記念である。今でも多くの人たちに愛誦《あいしょう》せられている「椰子の実」の歌というのは、たぶんは同じ年のうちの製作であり、あれを貰いましたよと、自分でも言われたことがある。（柳田国男『海上の道』）

名も知らぬ遠き島より
流れ寄る椰子の実一つ

故郷の岸を離れて
汝《なれ》はそも波に幾月

旧《もと》の樹は生ひや茂れる
枝はなほ影をやなせる

われもまた渚を枕
孤身《ひとりみ》の浮寝の旅ぞ
……

（島崎藤村『落梅集』より「椰子の実」）

民俗学者は、椰子の実に、原日本人のこの島への渡来のルートを見すえている。詩人は、椰子の実に、漂泊のわが身を託している。

古来、珍宝は、椰子の実のように西から細い長いルートを辿って日本に到来した。日本人はこうした到来物を限りなくいつくしみ、いとおしんできた。

お茶はもともと中国から渡来して来たとはいえ、今や茶道は完全に日本文化である。この和風の作法は、元祖中国では全く見られない。しかし、茶道具では、たとえば茶碗や茶入など昔の中国や朝鮮の焼物を、唐物といって別格に珍重する。

おそらくは日本人のブランド好みにも、はるか昔から日本人に染み付いている、舶来品志向の心性が影響しているのかもしれない。

アイデンティティー

日本にグローバル化の波が押し寄せるたびに、日本人論が沸き起こる。黒船いらい、グローバル化は外圧と感じるのが私たちの習性になっていて、そのたびにアイデンティティーを確認しておかないと、波にさらわれそうな恐怖に襲われるからだろう。

黒船来航は、当時の民衆の「たった四杯で夜も寝られず」という皮肉な笑話ではすまなかった。そのうねりの高まりが、日清・日露戦争に始まり果ては太平洋戦争まで巻き起こしたのだから。外圧は地震と同じ。日本を深部から揺さぶる。

江戸時代の半ば過ぎ。日本人とは何かを考察した人がいる。国学者本居宣長である。彼は言う、「漢意《からごころ》を濯《すす》ぎ去れ」と。

いうまでもなく当時は儒教全盛の時代。武士の師弟は幼いころから、「子《し》ノタマワク」と暗誦にこれ努めなければならなかった。サムライの道徳大系「義勇仁礼」「忠君愛国」の全ては、儒教、いわゆる朱子学に基づくものだったからである。

宣長はその一切を忘れ去れ、と言うのである。

「漢意《からごころ》」すなわち中国流の思想・道徳に日本人は毒されている、その影響を拭い去り、ひたすら古い時代の『万葉集』『古事記』に親しめば、日本人特有の「物の哀れを知る心」に立ち戻ることができる。すごいことを言ったものだ。今だったら西洋風の学問を全部止めてしまえと言うのと同じ。大学のほとんどの学部が要らなくなってしまう。

その理由を彼はこう断じている。

「まずは陰陽五行《いんやうごぎやう》などといふこと、古《いにし》へにさらになきことなり。これらはみな人の国にて賢しら人のいひ始めたることなり。……火はただ火なり、水はただ水なり、天はただ天、地はただ地、日月はただ日月なりと見る外《ほか》なし。まさに陰陽《いんやう》といふ物ありなんや」

朱子学における万物生成の原理である陰陽五行を、そんなもの目に見えないじゃないか、ありもしないものをあるかのように、人の国（中国）の頭でっかちが考えた代物じゃないか、と言って切り捨てている。

面白いのはこの議論が、現代の私たちにも腑に落ちる理屈だということだ。私たち日本人には、目に見えるものしか信じない節がある。ということは、西洋文明の基盤にある形而上学に、私たちはなじみにくいということでもある。西洋文明について頭では理解はできても、そこから精神の養分を吸い上げるのはさほど容易なことではないのだ。

金斧

「両人の客有り、金斧《きんぷ》と号する洋火酒を齎《もたら》して至れり」

中江兆民『三酔人経綸問答』のほぼ文頭の一文である。「金斧」とは何ぞや。なんとヘネシーブランデーのことだという。よく見れば確かにヘネシーのマークは斧を振り上げた片腕。この斧こそが「金斧」に違いない。

『三酔人経綸問答』が刊行されたのは明治二〇年（一八八七年）。今から一二六年前に、兆民先生は、かの有名な高級ブランデーをすでに嗜んでいたことが、本書をのぞけばおのずとわかる。

ブランデーはもちろんフランス産で、「ヴァン・ブリュレ」と言った。「ブランデー」というのは英語で、輸入する時直訳された言葉だ。

イギリスはすごい。ブルゴーニュと並ぶフランスワインの名産地ボルドーに隆盛をもたらしたのもイギリスだ。できる片端からごっそりロンドンに輸入したのである。スペインのシェリー酒も同じ。日本では普通の酒屋では手に入らないが、ロンドンのスーパーにはシェリーの瓶がゴロゴロしている。産地スペインでは「ヘレス」と言うそうだが、シェリーの方が通りがよくて、昔私は、イギリス酒かと思っていたくらいだ。『宝島』でなじみのラム酒にしてもそう。原産は西インド諸島なのに、ラム酒と言えば、イギリス海賊の酒、イギリス海軍の酒ということになっている。いかに大英帝国が世界を席巻し、世界の豊穣な酒を買いあさったか分かる。イギリス自身、ウイスキーやビールといった自前の美酒を持っているのに。

『三酔人経綸問答』は、洋学紳士、豪傑君、南海先生の三人が、「金斧」に酔い痴れつつ、日本の進路をいかにすべきかを弁じた鼎談である。読めば思わず今日のことかと疑いたくなる。

本書の末尾近く、南海先生が言う、「たとえば、中国などは、その風俗、風習から言っても、その文物、品格から言っても、また地理的に言っても、アジアの小国（日本）としてはいつもこれと友好関係をあつく、強くすべきで、互いに恨みをおしつけあうことのないよう、努力すべきです。わが国がいよいよ特産物を増し、物資を豊かにするならば、国土が広く、人民のいっぱいいる中国こそ、われわれの大きな市場であって、尽きることなく沸く利益の源泉です」（桑原武夫・島田虔次訳）。

今も、胸に手を当てて聴くべき言葉ではないだろうか。

七

「七」がラッキーナンバーであるのは、洋の東西を問わない。「七」は特別な数字なのだ。先ずは七福神。恵比寿、大黒天、毘沙門天《びしゃもん》、弁才天（弁財天）、福禄寿、寿老人、布袋《ほてい》。純日本の神様は恵比寿だけ。後は大黒天、毘沙門天、弁才天はインドのヒンドゥー教の神様、福禄寿と寿老人（二人は同一の神らしい）は中国道教の神様、布袋は中国仏教の伝説の僧だという。アジアの神様たちが一緒に相和して幸せをもたらす。

毘沙門天は武人の姿をしているし、上杉謙信の守護神だったそうだから、武神かと思っていたらさにあらず、もともとは財宝神。

紅一点の弁才天は琵琶を抱えた音楽神。もともとは聖なる川の神で、弁天様は島や池に祭られる。「さて其の次は江の島の岩本院の児（ちご）上がり」の科白で有名な弁天小僧菊之助は、その通り江ノ島弁天様の稚児だったので、弁天小僧と名乗った。佐世保にも弁天島があり、若い人は知るまいが昔は海水浴場だった。

布袋は太鼓腹を抱えて、いつもニコニコ笑ってござる。布袋の大きな袋は堪忍袋で、怒りの種は全部そこに放り込んでいるから笑っていられる。私たちもこの一年、堪忍袋の緒を切らさないように布袋を見習わなければなるまい。

ギリシャに七賢人あり。アテナイの立法者ソロン、ミレトスの哲学者タレス、スパルタの民選長官キロン、プリエネの僭主ビアス、リンドスの僭主クレオブロス、ミュティレネの僭主ピッタコス、ケネイの農夫ミュソン。

世界に七不思議あり。ギザの大ピラミッド、バビロンの空中庭園、エフェソスのアルテミス神殿、オリンピアのゼウス像、ハリカルナッソスのマウソロス霊廟、ロドス島の巨像、アレクサンドリアの大灯台。

ヨーロッパ中世に七元徳あり。忠誠、希望、慈愛、思慮、正義、勇気、節制。

同じくヨーロッパ中世に七学芸（seven liberal arts＝これを西周が「芸術」と訳したという）あり。文法、論理、修辞、算術、幾何、音楽、天文。

東洋に七徳あり。暴（武力行使）を禁じ、兵を治め、大（大国）を保ち、功を定め、民を安んじ、衆を和せしめ、財を豊かにする（「春秋左氏伝」）。

東洋に七情あり。喜、怒、哀、楽、愛、悪（お）、欲。「小説の主脳は人情なり、世態風俗これに次ぐ」と書いた坪内逍遥は、七情の真髄を描くことが小説の役割だとしている。

酒井田柿右衛門と富岡製糸場

第一五代酒井田柿右衛門が今年（二〇一四年）二月に襲名した。七月には日本橋三越で襲名披露展を開催するという。

一方六月には、「富岡製糸場と絹産業遺産群」がユネスコの世界文化遺産に登録された。柿右衛門と富岡製糸場。一見何の関係もなさそうだが、産業史的に見ればとても面白い。かたや陶磁器、かたや絹。ともにその源流は中国だ。昔から西洋人も日本人も等しく欲しがった舶来の珍宝。そのために砂漠の中をシルクロードが通り、荒波を越えて船が行き交った。自分たちの手でこれを何とかものにできたらという夢をかなえるために、日本人は技の修練と工夫を長い時間積み重ねて、わが国独特の美と伝統を作り上げてきたのである。

初代柿右衛門は、乳白色（濁手）の地肌に赤を主体とした上絵を焼き付ける独特の技法を編み出した。江戸時代初期のことである。それから四〇〇年間、代々の歩みはやがて有田の陶磁器の頂点を極める。若い一五代当主は抱負をこう述べた。「伝承に終わってはだめだ。新しいものを付け加えた時、初めて伝統になる」と。一五代柿右衛門氏の今後の活躍が期待される。

さて絹。富岡製糸場は一八七二年（明治五年）官営の製糸場として設立された。フランス人が設計し、フランス産の機械を据え、フランス人の指導者のもとで生糸が生産された。明治から昭和初期にかけて、生糸は日本からの輸出の半分を超えるまでに至ったという。まさに日本の近代化の下支えになったといってよい。

フランス人が作った工場だからといって、それはいわゆる植民地の工場とは全く違っていた。

明治の日本人はそのシステムと技術をあっという間に学んで自分のものにすることができた。江戸時代を通して培われてきた技術の伝統が生きていたのである。

人類学者梅棹忠夫氏は、『文明の生態史観』で、ヨーロッパと日本の歴史的発展の類似性を指摘している。富岡製糸場は、そのことを私たちに告げる証人としての文化遺産なのかもしれない。

シンフォニー

アルカスのおかげで私たちに交響楽が近くなったことは前にも触れた。N響（NHK Symphony Orchestra）や新日本フィル（New Japan Philharmonic）、その他もろもろのオーケストラが来佐するようになったからである。

音楽愛好家ならレコードでもじゅうぶん楽曲を堪能できるだろう。しかし私のような素人はそうはいかない。聴いているうちに気が散ったり飛んだりして、心はいつの間にか上の空、音楽を遠く離れてしまうのである。

その点指揮者のタクトはすごい。魔術のようなその動きにひきつけられて、私たちは気をそらくことなく四〇分そこらの楽曲の旅を難なく乗り越えてフィナーレにたどり着く。馥郁《ふくいく》たる美酒の芳香が鼻孔を浸し、心は宙に浮いて浮遊する。

シンフォニーもハーモニーも協和あるいは調和の意。もちろん、管・弦・打楽器の奏でる音の協和を主体とした楽曲を意味するが、これを「交響楽」「交響曲」と訳したのは森鴎外だそうだ。話はそれるが、司馬遼太郎によれば、幕末明治にかけて津和野藩には三人物がいて、うち森鴎外と西周《あまね》の二人は近代日本の学芸を作った。事実、ほとんどの日本の哲学用語は西周の訳による。

もう一人は福羽美静《ふくばびせい》という国学者で、彼が廃仏毀釈《はいぶつきしゃく》をやったという。（司馬遼太郎・ドナルド・キーン共著『日本人と日本文化』中公文庫）この中で、司馬が福羽美静をけちょんけちょんにやっつけているのは面白い。閑話休題。

さて、シンフォニー、あるいはハーモニーだが、これは音の協和・調和にとどまらない。古代ギリシアに四玄徳あって、これは魂の四つの徳とも呼ばれるが、「知恵」と「勇気」と「節制」と「正義」を指す。（プラトン『国家』）

「節制（Temperance）」とは何か。一般にテンペランス＝禁酒運動と言われているのは私としては忸怩《じくじ》たる思いだが、節制にはもっと深い意味がある。節制は、人間が追い求める快楽や情熱の間に一緒の「協和」（シンフォニー）や調和（ハーモニー）をもたらすものとして作用する。つまり人間の持つ自然本性の調和なのである。これぞ音楽の与える福徳なのだ。

家業

昔、わが国では職業は家業だった。

まず、公家。公務を家業とする家である。国家の公務から地方の公務まで、その権限は一部の家族が占有していて、頂点に藤原氏が鎮座していた。

公家といえば、曲水の宴だの花宴だの蹴鞠だのと、やたら遊んでばかりいたように見えるが、そうした年中行事こそが、天下泰平、つまり国家の静謐を保持する重要な公務だったのだから仕方がない。その中で、日本の雅の伝統文化が育まれ、継承されてきたのは事実だ。

現在はもちろん公務を家業とする家は存在しない。しかし、年中行事が公務の柱の一つだという伝統が、今もなにか生き残っているような気がするのは、私の僻目だろうか。

次いで、武家。もっぱら武を家業とする。

武家の棟梁は清和源氏、桓武平氏だから発生はそれほど古くない。平安時代、東北征服のあいだに頭角をあらわしてくる。

武士の発生が職能集団にあったという論が出てきたときは、私は本当にびっくりした。地方豪族が武装化して武家を形成していったと、昔私たちは習ったように思うが、さにあらず、どうやら弓馬の道に得意な連中が戦闘集団を形成して、それが地方豪族化したというのが今の定説らしい。

その典型は那須与一。海に馬を乗り入れ、扇の的を狙い外さず矢で射ぬく、この軽業師顔負けの弓馬の技芸こし、これが武の本質なのである。

農家。いわゆる生産者。公家は農の稔りを祈念し、武家は、農家を保護すると同時に、生産高の分配を管理した。「百姓は国の宝」。公家も武家も、頭では根本をちゃんと理解していたらしい。

商家。物品の流通を家業とする。戦国・江戸時代（室町時代からかもしれないが）に勢力を伸ばして今に至る。

工は専門職で師とか匠とかいわれたが、家業とはあまり言われない。今はもちろん、工が日本を代表する職業だが、これは家の業ではなく、会社の業となっている。

もう一つ、日本の学術・文化にもっとも重要な役割を果たした集団があったことを忘れてはならない。意外にもそれは、「出家」という。

風流士（みやびお）

新しき　年の初めの　初春の
今日　降る雪の　いやしけ吉事《よごと》

『万葉集』の掉尾を飾る歌。天平宝字三（西暦七五九）年元日、因幡国庁の饗宴で、当時因幡守であった大伴家持が詠んだ。

今日降りしきるこの雪のように、今年もまたよいことが続きますようにという、年の初めの祈願の歌であり、その思いは今日の私たちの初詣の祈りと大差はない。しかし、思念は舞い散る雪にすすがれて、真っ白に清められ、初春のすがすがしさに包まれながら立ち上っている。

『万葉集』はわが国最古の歌集。飛鳥・奈良時代の歌を網羅して、四五一六首を集める。この歌はその四五一六番目。集中の家持の歌は四七九首で、全歌の一割を超える。彼が編集者と目されるゆえんである。

大伴氏は昔から、佐伯氏とともに大和政権の「うちの兵《いくさ》（近衛兵）」だった。天平二一（西暦七四九）年、陸奥国から黄金が算出し、聖武天皇はその喜びを感謝報告する詔書を発した。

その詔書に感激して家持は「海行かば　水漬く屍《かばね》山行かば　草生す屍　大君の　辺にこそ死なめ」と、祖先の功を歌っている。

しかし、家持の真面目は、なんといってもその「みやびお」振りだろう。宮（みや）のあるところを都（みやこ）と言い、都風を雅（みやび）と言い、都会人を雅男（みやびお）と言う。「風流士」とも「風雅士」とも「遊士」とも書く。都風の風雅を身に付けた人のことだ。

風流士は、恋を愛で、自然を愛で、庭を愛で、宴を愛で、何よりも歌を愛でる。武骨を遠ざけ、そして面白いのは、海外の古典（この場合はもちろん中国の）に通じているのも重要な条件なのだ。

一重のみ　妹が結ばむ　帯をすら
三重結ぶべく　我《あ》が身は成りぬ

奈良の都ができたのが西暦七一〇年。家持は七一八年生まれたとされているが、できたばかりの都で、しかもわずかの時間に、家持のような押しも押されもしない都人が輩出したことに、後世の私たちは瞠目すべきではないだろうか。

デカンショ節

デカンショデカンショで半年暮らす
　ア〜ヨイヨイ
あとの半年寝て暮らす
ヨーオイ　ヨーオイ　デカンショ

丹波篠山の盆踊り歌。むかし旧制高校生が酒を飲みながら蛮声を張り上げて歌った。デカンショとは何ぞや。デカルト、カント、ショーペンハウアーだという。盆踊り歌と哲学者がなぜ結びついたのかおかしな話だが、わけのわからないのが世の中だから仕方がない。

デカルトは一七世紀の哲学者。「我思う、ゆえに我あり」と言って、近代哲学の幕をあげた。私はといえば頬をつねって痛いから、じぶんの存在を確信する。「しかし」とデカルトは言う、「感覚は時折欺くことを、私は思い知った」。ときどき疑わしいものは、つねに疑わしい、と彼は言う。すべてを疑い尽くして最後に残ったのが、疑っている私の存在、すなわち考える私の存在だったのである。

カントは「天上の星空と内なる道徳律」を思うごとに、そのつど畏敬と賛嘆の念を新たに

すると言った。満点の星の運行をつかさどる自然の原理と、人間の生きる法則が見事に照応しあっている、

カントのこの言葉は、詩人マラルメを思い起こさせる。

「天上の書物は、黒地に白で書かれる。人間は反対に、白い紙に漆黒のインクで書かなければならない」

ショーペンハウアーになると、もはや星を語ることはない。彼はいう、

「月は崇高である。われわれを崇高な気分にしてくれる。それは、月がわれわれとは何の関係もなく、地上の営みとは永久に無縁のまま動き、すべてを見ているが、何物にも関心を寄せないからだ」

彼の「意志と表象としての世界」とはどのような世界か。虚無の世界と言っても何かそぐわない。むしろ無明の世界とでも言おうか。そう、『大菩薩峠』の机龍之介に、その気配が色濃い。

その昔、旧制高校生はデカンショをつまんで酒を飲んだ。今の大学生は携帯メールの通信に追われて、デカンショをつまむ暇も、酒を飲む暇もありそうにない。

藤浦　洸さん

もう半世紀も前のことで記憶も定かでないけれども、たしか一九六八年ごろ、東京で小値賀会というのがあった。東京在住の小値賀出身者の親睦会だ。今でもきっと年に一度は会をやっているに違いない。

その年わたしは学校を出て仕事についたばかりで、初めてその会に出席した。なにか周年記念だったのか、出席者がおおく、会は大いに盛り上がったように思う。

盛り上がった理由はきっと来賓のせいで、出羽の海親方を襲名して間もなかった佐田の山が、三重ノ海はじめ二、三人の弟子（正確にいえば弟弟子）を引きつれて、どっしりと巨体の座を領していたのを、私たちは鵜の目鷹の目で覗いたりしていた。三重ノ海たちは稽古場から連れられてきたのか、うっすらとひげを生やしたりして、さほどきれいだとは、ご愛想にもいえなかったが。

「ねえ、きみ」と背後からとつぜん声がして、振り返ったら藤浦洸さんだった。藤浦さんはＮＨＫテレビの常連だから、わたしはもちろん初対面だったけれどもよく知っていた。藤浦洸さんはもちろん私のような駆け出しは知るはずもない。

「ねえ、きみ」と藤浦洸さんは再度いう、「今日、この席で、一番の金持ちは誰だと思う？」

この質問には驚いた。この席にどのようなお歴々が来ているのか、わたしには全くわからない。きょとんとして見守るわたしに破顔一笑、藤浦洸さんはあの能弁な指をひらひらさせながら、佐田の山を指差した。「彼だよ、彼」

出羽の海部屋の身代がどれほどのものか、今も昔もわたしには見当もつかないが、強い横綱を金持ちに丸め込んだ詩人の茶目っ気には、笑いを誘われた。

藤浦洸さんは平戸の人。子供時代はおばあさんと二人だけの生活で大変苦労したという。犀星ではないけれども、ふるさとは、「よしや／うらぶれて異土の乞食（かたい）となるとても／帰るところにあるまじや」という思いがなかったとは言い切れまい。

しかし、藤浦洸さんはそれを乗り越え、故郷の「空いっぱいの空、海いっぱいの海」に自らの心と愛を溶かし込んでいったのである。『西海讃歌』が私たちを感動させるゆえんだ。

お正月

もういくつねると　お正月
お正月には　凧あげて
こまをまわして　あそびましょう
はやく来い来い　お正月

昔のお正月はたしかにこうだった。わたしたちは歌の通り、凧揚げしたり、独楽を回したりして遊んだ。この唱歌ができたのは明治三四年だから、わたしの知る限り、それから六〇年余りは、日本のお正月は変わりなかったということだ。

たとえば昭和二〇年代までの小学生の雑誌の一月号の付録は、双六だの福笑いだのカルタだので、わたしたちは喜んで、それに熱中したものだ。

そのうち気がつけば、お正月から凧も独楽も消えていた。お正月は、〝お正月を写そう♪〟という鳴り物入りで、テレビの樹木希林の笑顔（?）とともにやってくるようになる。

今のお正月のお囃子は何だろう。どうやらお節料理の宣伝が、お正月の先導をつとめている節がある。

お重に詰め込まれた料理を見ていると、なかみはどれも同じようなもの。お正月には、私たち日本人は北から南まで皆一斉に同じものを食べているんじゃないか？　一億総活躍時代だそうだから、同じものを食べて当然というのかもしれないが、なにかあまりに味気ないよね。

わたしは小値賀出身で、わが家のお節料理はおこわとノーリャの味噌汁だった。おこわは、蒸したもち米を一口大にまるく握ったもの。ノーリャの味噌汁は、具はサトイモとかいろんな野菜が入っていて、特別なのはたしかナマコが入っていた。

元旦は暗いうちから正装して（祖父は羽織袴をつけていた）、神棚と仏壇に参り、そのあと銘々膳に一家で正座してお節をとった。おこわは前日に握ったもので、冷たかったがさほど固くはなかった。黒椀にいくつか入っていて、一つ食べたらお代わりといってつぎ足した。そのほかには、するめ・こぶ、黒豆、カズノコがあったかな。

昭和三二年、祖父が死んで母とわたしは佐世保に出てきた。佐世保では、母はノーリャの味噌汁を作るのをやめた。いらいわが家のお節は、普通の雑煮になった。

星を見守る犬

「今の世を見ると、僧侶・俗人の区別なく一般に学問をしなくなり、知恵によって物事を理解する力がいちじるしく低下しているのに気づく。学問というものは、僧侶が顕密の教法を学ぶにしても、俗人が紀伝や明経を学ぶにしても、学ぶにつれて知識と理解力が身につき、学ぼうとするものの意味もよくわかってくるからこそ面白くもなり、精進する気にもなるものなのである。ところが、世も末になると、人々はすべて物事の真の意味を理解することができなくなり、ことわざにある星を見守る犬のようになってしまうのである。」

（大隅和雄訳）

慈円『愚管抄』の一節。「星を見守る犬」とは言いえて妙。どんな素晴らしいものを見ても、その価値が分からないという意味だろう。夜空を見つめている犬のイメージが鮮明で、とてもかわいい。

慈円はつづけて言う。

「このような仮名の戯文で書くのも、歴史の道理を理解してほしいという深い心を後世の人たちに読み取ってほしいからだ。この書には、むやみに軽々しいことばが多く。『はたと』

『むずと』『きと』などの表現を多用しているが、わたしには日本語の本体はこうしたことばにあると思われる。漢字であらわすと見栄えがしなくて、何の値打もなくなるようなことばこそ、日本語のことばの本体なのであろう。」

慈円は、紫式部や清少納言の知的アドベンチャーのおかげで、たくましく成長した「仮名戯文」を駆使して、歴史の道理を探求する書に挑もうとしている。物語ではなく歴史が、文学だけではなく学問が、日本語の対象として見据えられるようになったのである。

慈円は、平安末期から鎌倉時代、体制の中枢の摂関家に生まれ、出家して天台座主に上りつめた。「愚管」とは「愚見」と同じ。大した見解じゃないけれどという謙遜。しかし、読んでみると大した見解がいたるところに転がっている。たとえば菅原道真と藤原時平の対立。慈円は時平が悪いと明言している。自分は藤原氏なのに。

今は末法の世だとかれは嘆いて言う。よく治っている世では官職が人を求め、乱れた世では人が官職を求めると。

フランス文学

むかし「フランス文学専攻」というと、「ああ、エロ文学ね」と相手が応じるのが常だった。言い訳はめんどうだし、断固エロではないという確信があるわけでもなく、「まあね」といって、そこで話のつぎほはだいたい折れた。

いったいいつから「フランス文学＝エロ文学」という説がまかり通ることになったのだろう。どうやらこの噂の種を世間にまいたご本尊は、一に島崎藤村、二に田山花袋、三に永井荷風であるらしい。フランス側の被疑者はゾラとモーパッサン、いわゆる自然主義の作家たちである。

「遂に、新しき詩歌のときは来りぬ」

と歓喜の声をあげて新時代をむかえた藤村は、『新生』に、姪との関係を赤裸々に描いた。同じく花袋は、『蒲団』に、去り行く女弟子の夜具の匂いにひたる主人公「私」の痴態を描く。

こんな話、江戸時代の昔からまったくありえないことではなかった。しかし、わざわざこんな話を本に書いて世間の目にさらすといった事態は、これまでにはあり得なかった。

世間の人たちは、他人の目を盗んで食い入るようにここを何度も読みかえし、「これはエロだ」と思ったに違いない。

この時代、フランスで流行していたのはゾラ、モーパッサンの小説である。彼らの企ては科学的な小説を書くことだった。人間の社会を科学的に分析し、人間のありようを科学的に問う。その手段が社会科学であり、なかんずく遺伝学だった。彼らのいう「自然主義」は「自然科学」主義だったのである。

しかし、日本で「自然」と言えば「あるがまま」を意味する。善悪を超えて、人間性をあるがままに描く、これが新しい小説だと、藤村も、花袋も、逍遥も確信していた。これが、近代日本文学の一つの伝統になった。私の真実は、私にしかわからない。いわゆる「私小説」が一世を風靡することになる。

ではフランス文学は、エロ文学とは無関係か？

「エロ」とは言わないが、近代フランス文学の名作を貫く一本の串がある。それは熟年の夫人と青（少）年との恋である。

ルソー、スタンダール、バルザック、フロベール、そのいずれの代表作も、その魅力をなすのは、成熟した女性と青少年の恋。性をからめつつ、それを大きくつつむ愛の物語である。その愛が、作品のヒーローの成長を促し、物語を心地よく膨らませる。

石川　淳

作家の夷齊・石川淳に関して、ふたつ思い出がある。

ひとつは昭和四十四、五年ごろだろうか。神田神保町の古本屋街でその姿を見受けたこと。和服の着流しに角帯をしめ、ゆっくり歩いていた。背が低く（おそらく百六〇センチはなかったろう）、ほっそりとして華奢な体つきだったが、気があたりを払っていた。あっ、石川淳だ、と瞬時に思った。それまで一度も見たことはなかったのに。いらい、石川淳というと、あの時音もなくすぅーと私のそばを通り過ぎたあの姿を思い浮かべる。

ふたつ目の思い出は、桑原武夫先生が、「石川淳にはかなわない」といったことだ。

「漢学についてわたしは彼に及ばない」

石川淳も桑原先生も、専門はフランス文学だ。だからフランス文学で一歩劣るとはメンツにかけても桑原先生が言えるわけはない。しかし漢学に関しては、石川淳に兜《かぶと》を脱いでいた。いうまでもなく、桑原先生のお父さんは桑原隲蔵《じつぞう》という東洋史の大家で、その薫陶を受けて桑原先生自身、漢学には玄人はだしだったにもかかわらずである。

石川淳、一八九九（明治三二）年生まれ。桑原武夫、一九〇四（明治三七）年生まれ。ちなみに小林秀雄、一九〇二（明治三五）年生まれ。この二、三歳ずつ齢の違う三人はいずれもフランス文学からスタートして、日本分壇の頂上を極めた。

桑原先生は、石川淳に触れて、小林秀雄には（私の知る限り）触れていない。桑原、小林は双方とも、無二の親友三好達治を間に挟んでいたのにもかかわらずだ。

石川淳はアンドレ・ジッドの翻訳から文士生活を始めた。ジッドの『法王庁の抜け穴』のCavesを「地下室」でなくて「抜け穴」としたのは「オレの発明だ」と書いているのは面白い。

石川淳の小説は、戦後文学の白眉。戦後最大の作家であったかどうかはともかく、戦後最高の作家であったことは間違いない。その文章の躍動感、精神の飛翔感は、そんじょそこらにあるものとはまったく違っている。

石川淳は晩年、衰えを知らぬ筆力で『至福千年』や『狂風記』を書いてわたしたちを驚かせた。その世界に鳴り響くのは、現代の若者に見えて、じつは古き日本の神々の、高らかな哄笑なのである。

いざ鎌倉

「鎌倉大変」の報が入るやいなや、関東の御家人たちは「いざ鎌倉」とばかり馬を駆って一路鎌倉を目指した。

騎馬疾駆してたちまち鎌倉を埋め尽くす絵図が目に見えるようだが、なかなかそうはゆかない。というのも、鎌倉の四方の出入り口はせまい。軍勢はそこで渋滞に巻き込まれ、鎌倉に勢ぞろいするには相当時間がかかったであろうと想像がつく。

その渋滞は、今に至るまで尾を引いている。休日に、逗子方面からも、横浜方面からも、大船方面からも、藤沢方面からも、江の島方面からも、車で鎌倉に入ろうとすれば必ず渋滞に巻き込まれる。鎌倉行きは電車に限るのである。

鎌倉は人気の観光スポットである。老若男女を問わない。まず、由比ガ浜と材木座海岸。若者のサーフィンのメッカ。季節を問わずサーファーたちは波と戯れている。その向こうにウィンドサーフィンの色とりどりの小舟たち。光を浴びて緩やかに海を滑っている。

それればかりではない。砂浜はドッグランである。鎌倉は犬天国だそうで、ペットオーケーのレストランや喫茶店がたくさんあるが、何よりもこの広い、長い砂浜。犬たちは小躍りして走り回っている。

一方、中老年のグループ。これは歴史探訪の人たちだ。

一〇人ほどのグループが無数にいて寺々や遺跡を回っている。いでたちは判で押したように皆ハイキングスタイル。リーダーらしい人が名所旧跡の説明をして、周りは熱心にメモをとったりしている。鎌倉は電車を利用すれば、あとはほとんど歩いて回れるほどの広さ。しかもわずかの移動で次々に歴史の舞台が繰り広げられるのだから、興味のある人がはまったらやめられなくなるだろう。

外人観光客も多い。彼らはちびっこ修学旅行生たちと一緒に、江ノ電を利用してお寺参りを楽しんでいる。

江ノ電は家々の軒先すれすれに走っている鎌倉の名物電車。御霊神社の参道（といっても狭い道だが）を押し切って鳥居の前を通過する。

御霊神社は鎌倉権五郎景政を祭った神社。権五郎景政は後三年の役で左目を射られたが、矢が刺さったまま敵の射手を倒したという剛勇の武将。鎌倉の主である。歌舞伎十八番の「暫《しばらく》」の主人公のモデル。権五郎、五郎（曽我）は御霊に通じる。曽我五郎も権五郎の勇姿と重なって、人々に畏怖されてきたのではないだろうか。

スイス

スイスといえば、何を思い浮かべるだろう？　アルプスの山々、緑と花に彩られた高原（そう、ハイジの世界だ）、あるいは「サウンドオブミュージック」や「武器よさらば」を思い起こす人もいるだろう。ともあれ、スイスはどこに行っても観光の名所だ。

その名所の一つルッツェルンの公園に、ライオン記念碑がある。これは、フランス革命のとき、ルイ一六世に最後まで忠誠をつくし、チュイルリー宮殿で死亡した多数のスイス傭兵に捧げられた追悼の碑なのである。

そういう説明を受けて私たちは奇異に感じざるを得ない。ええっ？　フランスの国王を守ったのはスイス兵で、フランスの兵隊ではないの？　誰も意外に思うよね。

ところが事実そうなのだ。ルイ一四世の昔から、フランス王家が最も信頼をおいたのは、スイスから派遣されてくる傭兵にたいしてだった。彼らには一般の給与の二倍支払われたという。

スイスは昔から永世中立国である。今に至るまでそうだ。平和を愛するがためというよりも、どの陣営にも傭兵を送ることができるための、やむを得ない選択肢だったのである。

ドイツ三〇年戦争の時など、敵対する両陣営に屈強なスイス傭兵がいた。彼らは同じスイス人同士が戦うこともいとわなかった。こうしてスイス人は生命を的にして、外貨を稼いだのである。今のように、観光が産業になる時代ではなかった。豊かな農地があるわけではない。

人命を賭して稼いだ貴重な金を元手に、世界の金持ちを相手にその利益を何倍にも積み上げる商売の確立、これぞスイス銀行の成立なのである。

スイスを支えるもう一つの産業は時計である。マックス・ウェーバーによれば、資本主義の精神をはぐくんだのはプロテスタントのエートスだという。

「神の栄光を増すためにに役立つのは、怠惰や享楽ではなくて、行為（仕事）だけだ」

人生の時間は短く、貴重である。時間の浪費は最も重い罪となる。一分一秒を争って、仕事に精を出さなければならない。資本主義勃興を担った人々は職場に時計を持ち込んで、労働にいそしんだ。ジュネーブは、プロテスタントの教祖カルヴァンの拠点であった。スイスに時計産業が栄えたのは、単なる偶然ではなかったのだ。

藍より青く

「青はこれを藍《あい》に取りて、藍よりも青し」（荀子《じゅんし》）。

文意は、「青い色は藍という草からとってできたものだが、その青は、もとの藍よりもさらに青い」。

すなわち教え子が先生よりももっと進んだ学問ができたという譬えで、「出藍の誉れ」もここからきている。

荀子は中国・戦国時代末期の思想家。諸子百家と呼ばれる数多くの論客の中でも、孟子と並んで大儒と呼ばれる。先行の諸説を総合大成し、その業績は、古代ギリシャのアリストテレスに比肩する。

孟子の「性善説」に対し、荀子は「性悪説」を唱えた。「人の性は悪なり。その善なるは偽なり」（人の性はもともと悪。善になるのは人為による。）この場合、「人為」は「礼」。つまり社会の決まり・制度である。

さて「青」だが、広辞苑によれば、古代日本には、色名はアカ・クロ・シロ・アオの四つしかなく、その原義は明・暗・顕・漠だという。「アオ」はすなわち「漠」、もともと灰色がかった白色をいった。私たちは青といえば、晴れた青空を想像するが、本来は曇り空が青だったのかもしれない。ちなみに、海が青いのは空を映しているからで、確かに海水をすくってみれば、青ではなく透明だ。

「あお」は緑も含む。信号機の赤、青、黄はよく見れば赤、緑、黄だし、「人間《じんかん》至る処に青山あり」の青山は、緑の木々が茂る山のことだ。

「あお」は「若い」「春」も意味する。「青春」しかり、「青年」しかり、「尻が青い」もまたしかり。また馬を「あお」というようになったのは、濃い青色の毛をした馬を「青馬」といったことに始まる。

フランスの詩人アルチュール・ランボーに「母音」という有名な詩がある。

Aは黒　Eは白　Iは赤
Uは緑　Oは青
「――O オメガ　あの双眼の発する　紫の光」

Oがなぜ青か？　諸説紛々。私は、ミケランジェロの最後の審判を思い浮かべる。蒼穹の中で、神の判決がいま下される。蒼穹すなわち神の眼光なのだ。

男の涙

甲子園で、敗者チームの選手たちは、勝負のついた瞬間どっと涙を流す。悲願の優勝を果たした稀勢の里は、感激で目を潤ませた。全米プロゴルフ選手権の優勝に、あと一歩で届かなかった松山英樹は、悔し涙をタオルでぬぐった。いずれも美しかったし、観客の私たちは感動した。

しかし、スポーツ界を別にすれば、近頃男性が泣かなくなった気がする。

昔は泣き上戸といって、酒に酔ってはおろおろと泣くおやじさんたちをよく見かけた。もちろん怒り上戸もいたけれども、周りは酔狂とはやしたり、「えくさり」と笑ったりした。「えくさり」は「酔い腐り」だろう。この言い回し、酔っ払いのしぐさ臭いまで写しだして、まことに言いえて妙。だいたい今は、その「えくさり」をほとんど見かけなくなった。飲み屋でも、泣き上戸の酔客には、近頃めったにお目にかかれないのではないだろうか。

昔の男はよく泣いた。歌舞伎を見ればわかる。松王丸とか盛綱とか、名うての剛の者たちが感極まって慟哭する。そのさまが観客の涙を誘い、心を洗うのである。

映画でもしかり。坂東妻三郎や長谷川一夫はよく泣いた。たしか三船敏郎あたりからあまり泣かなくなった。高倉健は心で泣いても涙は見せなかった。歯を食いしばって涙をこらえた。そしていきなり怒りに暴発するのである。

しかしなぜ、現代の男たちは泣かなくなったのか。親の死に目に会うと人知れず涙を流すことはあっても、人目もはばからずわんわんと泣き叫ぶことはない。

これについて丸谷才一さんが面白いことを言っている。曰く「戦後日本人全体が多弁になった。それから早口になった。よくしゃべるようになったせいで泣かなくなった」（『ゴシップ的日本語論』現代かなづかいに変換）。

昔は無口で言語表現がうまくできなかったから、無念の思いが心の中にわだかまって泣いた。赤ん坊は言葉がないから泣くんです。（ええ？　本当かな？）今やみんな言葉によって一所懸命表現するようになったために、泣くという風俗がなくなった。

なんと卓抜な見解！

しかし、考えて見れば、感涙、血涙、熱涙、落涙、号泣、慟哭、感泣、これみんな男の涙の表現だ。

世の男性よ、ツイッターでばか言うより、男らしく皆で泣こう。

日仏友好一六〇周年

今年（二〇一八年）は日仏友好一六〇周年だという。果たして日仏友好の始まりとは何ぞや。一八五八年（安政五年）日仏修好通商条約がそれである。アメリカに続き、オランダ、イギリス、ロシアとともに徳川幕府が締結した不平等条約である（安政の五ヵ国条約）。

一八六四年（元治一年）、フランス公使のレオン・ロッシュが来日。ロッシュは日本の情勢を見誤って、徳川幕府に肩入れし、結果的に薩長を後押しするイギリス公使パークスの後塵を拝することになる。こうして、以後の明治政府の近代化政策に圧倒的な影響を及ぼしたのはイギリスということになった。ペリー来航で先頭を切ったアメリカは南北戦争のため出遅れた。

しかし、フランスの影響は意外に私たちの身近にみられる。

一八六二年（文久二年）、フランスの宣教師ベルナール・プティジャンが横浜に上陸し、翌年長崎にわたって二十六聖人の殉教地西坂を望む丘の上に教会を建築した。これが大浦天主堂である。そして一八六五年（元治二年）三月一七日の午後、三〇〇年のベールを脱いで、隠れキリシタンの信者たちが数名、ここ大浦天主堂に現れたのである。このニュースは世界に広がり、明治政府のキリスト教徒弾圧の政策を変えさせるまでになった。

ついでド・ロ神父。彼はフランスノルマンディ地方出身。一八六八（慶応四年）、ベルナール・プティジャン司祭の応募に応じて来日。外海地方で、布教のかたわら貧困に苦しむ人たちのため社会福祉活動に尽力した。ド・ロ神父が地域の人たちに果たした功績は多岐にわたっている。孤児院を作ったり、修道女たちに、織布、編み物、そうめん、マカロニ、パンなどの製造を指導したり、診療所を開設したりした。

五島の大工鉄川与助は、大浦天主堂に隣接する大司教館の建築で、ド・ロ神父と出会い、教会建築に関する様々な技術を教えられたという。鉄川与助が手掛けた小値賀の旧野首教会、頭島の頭島天主堂、奈留島の江上天主堂などは、いずれもユネスコの「長崎と天草地方の教会群とキリスト教関連遺産」を構成している。

そのほか、フランス海軍技師ルイ＝エミール・ベルタンは佐世保の海軍工廠の建設の指揮をとり（一八八六年完成）、富岡製糸場の建設（一八七一年）にあたったのは、フランス人ポール・ブリューナだった。

一九六〇年代

六〇年の安保闘争と六八年の大学闘争にはさまれた六〇年代は、大学にとっては平穏無事な時代だったといってよいだろう。池田内閣から佐藤内閣へと続く時代。今思えば日本は経済成長まっしぐらの時代だった。六四年の東京オリンピックはひた走る経済成長のシンボルだったのだろう。

私はちょうどこの時期を東京で学生として過ごした。経済成長と言ったって、国がエンジン吹かせているだけで、庶民や学生まで潤おう時代ではもちろんなかった。学生は大半が、特に地方出身者はアルバイトに精を出していた。

私は下宿もバイトも長続きしない根性なしだったが、それでも渋谷の「ジロー」のボーイはわりと続いた。「ジロー」、道玄坂にあったシャンソン喫茶店で、もちろんシャンソン歌手イベット・ジローにちなんだ名だ。「ジロー」はお茶の水にもあって渋谷店は支店だった。コック、ウェイター、ウェイトレス合わせて十人近くいたかな、専属は岡田さんとかいったマネージャーのご婦人だけで、あとはほとんどアルバイトだったような気がする。デザイナー志望や役者志望の青年男女が集っていた。店では一日中シャンソンが流れていた。ジローはもちろん、エディット・ピアフ、グレコ、アズナブール、イヴ・モンタンたちの歌声が響いていた。

アダモの「雪が降る」はあの頃はやり始めたと思う。

巷にジングルベルが流れるころ、「雪はふる　あなたはこない」と歌うアダモのひときわ甲高い歌声は、あの頃の私を哀愁の思いに誘った。

大学の部活ではギリシャ悲劇研究会に入った。そこで知り合った友人（実は彼とは同じクラスだったことは後で知った）がジャン・コクトーのファンで、彼の影響でちょうど上映された「オルフェの遺言」を観た。監督、脚本、主演、これみなジャン・コクトーである。まるでタケシみたいだ。この映画は映画監督トリュフォーやアラン・レネなどが協力した、まさにヌーベルバーグの映画だった。

映画なのか、詩なのか、トリックなのか。私たちはたちまちコクトーに入れあげ、友人はコクトーが描いたオルフェを模写したりした。あの独特の顎がへしあがった青年オルフェの横顔の模写である。それから間もなく、一九六三年、シャンソンの女王エディット・ピアフが死んだ。パリの魂を歌ったフランスの国民的象徴ピアフ。彼女の同志であり親友であったジャン・コクトーは、その死のショックから同日、後を追うように亡くなった。

ベル・エポック

「フランスといえば料理、ワイン、オートクチュール、美術、映画、下火にはなったがシャンソン」とフランス文学者出口裕弘さんは、二〇年ほど前に書いている。

料理はイタリアンに追い上げられていそうだし、ワインもイタリアだの、アメリカ西海岸だの、チリだの、新参のライバルが幅を利かせてきているし、オートクチュールはデパートの集客が鈍ってきた今どうなのかなと「?」がつくし、でもフランスのブランドは健在かなどと、あれこれ目くじらを立てなければ、今もおおむねおっしゃる通りだ。

こうしたフランス料理以下シャンソンにいたるまで、私たち日本人が長い間「うまし国フランス」「花の都パリ」とあこがれた魅力の源泉のすべてができ上ったのが、ベル・エポック、「素晴らしき時代」だったのである。

ベル・エポックとは、一八七〇年普仏戦争の敗戦から、一九一四年第一次世界大戦勃発までの時代をいう。珍しく戦争がなく平和が続いた。ドレフュス事件など政治的には不安定要素がくすぶり続けたが、おおむね好景気に恵まれ、パリを中心に市民(ブルジョワ)文化が花開いたのだ。

ブルジョアは働く人でもある。またそれ以上に遊ぶ人、楽しむ人だった。かれらは飽くことなく美を追求した。上流婦人を中心にしたサロンに芸術家は集い、清新な主題と技術を競い合った。ボードレールからマラルメ、プルーストまで（文学）。モネ、ルノアールからロートレック、エミール・ガレまで（美術）。ヴェルディーやショパン（フランス人ではないがパリで活躍した）からドビュッシー、ラヴェルまで（音楽）。「草上の昼食」（マネ）や「舞台の踊り子」（ドガ）が実際に市民の生活の楽しみになった。人々は、夢と感動とファンタジーを芸術に求めるようになる。

「あなたと二人で暮らせるものなら
　なんにもいらない」
　　（エディット・ピアフ「愛の讃歌」）

しかし、愛が永遠でないことをピアフは知っている。この愛、この美、この逸楽を永遠のものにしたい。これこそ、ベル・エポック、あるいは世紀末のフランスの芸術家たちに共通した夢であった。この思い、この精神性が、一世紀以上を経ても、私たちの琴線に触れて、感動をもたらすのだ。

牧神

牧神（フランス語でＦａｕｎｅ）とはギリシャ神話でパーンのこと。羊と山羊の神。山羊の脚をして、頭に小さな角を生やしている。彼の母は自分の産んだ子を一目見て仰天して、置き去りにし、母の代わりにニンフに育てられた。

粗野な神であったパーンは好色で、ニンフたちを追い回した。パーンは音楽家で葦笛を得意とし、その音に合わせて、ニンフたちがよく踊った。パーンは時に恐ろしい神で、夜と真昼の眠りを邪魔されると、怒り出して、動物たちはパニック状態になって走り出した（パニックという言葉はパーンからきている）。

いともさやかに
あの肌の軽やかな薄肉色が、
ものみな濃密な睡気に
とろりと浸る

（井上究一郎訳）

フランス象徴派の詩人マラルメの「牧神の午後」はこうして官能の扉を開ける。

私の唇は、火と燃えて、一方の勝気の女の両足から、他方の内気な女の心臓まで、
稲妻が走る！　にも似た筋肉《ししむら》の内なるおののきを吸いつくす。

マラルメは古代の神話を、霊力で蘇らせ、若返らせようとしている。蜘蛛のように透明な言葉の糸を紡ぎながら。そこでは「極度の官能性、極度の知性、極度の音楽性がたがいに結合しあい、混じりあい、対立しあって」おり、「そこには、世界一美しい詩句が見いだせるのである」（ポール・ヴァレリー）。

この詩をもとに、フランス印象派の音楽を代表するクロード・ドビュッシーが作曲したのが、管弦楽「牧神の午後への前奏曲」である。ドビュッシーについて、吉田秀和はこう評している。「解放された精神の躍動が、そして微妙な詩の香りで包まれた自由のさわやかさが、そこからこちらに脈々と伝わってくる」と。詩による音楽を目指したマラルメと、音楽による詩を目指したドビュッシーの応答だ。

この曲にニジンスキーが振り付けをしてバレエ化した。あまりに露骨なパフォーマンスに、観客は言葉を忘れ、次いで喧々囂々の物議をかもしたという。

大航海時代のシェイクスピア

シェイクスピアが英文学の金字塔であることは言をまたない。

「一時代のではなく、万代の詩人」（ベン・ジョンソン）、「千万の心をもつシェイクスピア」「インド帝国はあろうとなかろうと、シェイクスピアなしではすまされない」（コールリッジ）、（カーライル）など、異口同音に讃えられている。

シェイクスピアは生涯に四〇本の作品を残したといわれている。そのうちかなりの作品の舞台が、イギリスではなく異国なのは注目される。たとえば、「ヴェニスの商人」はヴェニス。「ハムレット」はデンマークの王子。「オセロ」はヴェニスの軍人でムーア人。「ロミオとジュリエット」はヴェローナの貴族の男女。「テンペスト」の主人公はミラノ公国の君主、といった具合だ。

種本がそうだったからといえるかもしれないが、シェイクスピアが異国の情報に関心を持っていたことは事実だし、何より観衆がそれを歓迎した。

シェイクスピアが活躍した時代はエリザベス一世の治世下。イギリスの大航海時代であり、グローバル化の第一波が押し寄せた時代である。海賊のフランシス・ドレークは、一五七七年から世界を一周して略奪行為を行い、帰国してエリザベス女王に三〇万ポンドの金銀財宝を献上した。これは当時のイングランドの国庫歳入を上回っていたという。

この功績によりドレークはイギリス海軍中将に任命され、一五八八年、アルマダの海戦では副司令官としてスペインの無敵艦隊を壊滅させた。一六〇〇年、東インド会社設立。こうして後の大英帝国への道が着々と準備されることになる。

海外への関心と一攫千金への夢がロンドン市民を駆り立てる。その追い風を帆に受けて、シェイクスピアは、王侯貴族から民衆に至るさまざまな人間のパッションドラマを極限まで展開して見せたのである。

シェイクスピアのエキゾチシズムは、近代ヨーロッパ芸術、例えばオペラにその反映を見ることができるように思う。モーツァルト「ドン・ジュアン」、ビゼー「カルメン」や「真珠とり」、プッチーニ「蝶々夫人」などには異国情緒がたっぷり漂っていて、それが売りとなっている。

異国趣味は、今、ここにないものへの強い憧憬でもある。シェイクスピアは、ヨーロッパ精神の一方を貫くロマン主義の源流なのだ。

改元

いよいよこの四月いっぱいで、平成も終わりだ。この「コンパス　春」が出て間もなく新元号が発表されるだろう。ここで新元号はこれですと宣言したいところだが、発表までは秘中の秘だろうから、残念ながら私が知り得ようもない。

私たち昭和生まれの者にとっては、昭和の「昭」は自分の名前の次に親しい漢字だ。昭子だの昭夫だのという人の名はいくらでもいる普通の名だった。しかし、「昭」のつく一般的な言葉を私たちはほとんど知らない。「てらす」は「照らす」で「昭らす」ではなく、「あかるい」は「明るい」で「昭るい」ではない。意外にも「昭」は普通に使われる言葉ではないのだ。

つまり「昭」という漢字が、もし元号に使われなかったら、漢学者はいざ知らず、私たち一般人にはほとんど無縁の文字だったに相違ない。

「昭和」は、「書経・堯典」の「百姓昭明、協和万邦」（世の中がよく治まり、諸外国と仲よくする）に由来するという。

このように、元号は「四書・五経」など中国の古典に依拠するから、私たち現代の日本人になじみのない漢字が使われることがある。

我が国の最初の元号は「大化」。蘇我入鹿を誅伐した後、「天下安寧、政化敷行《ふこう》（政教を広く行い）、故号元於大化（ゆえに大化を元号とす）」とある。「大化」は広大無辺の徳化という意味らしい。いわゆる大化の改新、西暦六四五年のことである。

中国の年号は漢の武帝の「建元」（前一四〇年）に始まるから、日本は中国に遅れること七八〇余年。ちなみに日本の大化元年は、中国でいえば貞観一九年、唐の太宗の時代である。

中国では、年号は、皇帝の「時」を支配する力を象徴するものと考えられた。日本が独自の年号を使い始めたのは、天皇が同様の力を持つことを表したもので、中国と対等であることの表明だった。

日本では、一世一元となったのは明治からで、それ以前は一人の天皇が、いくつも改元する例は珍しくなかった。後醍醐天皇は二一年の治世の間に、八回も改元している。

昔は「神武、綏靖《すいぜい》、安寧《あんねい》、懿徳《いとく》、……」と歴代天皇を空でスラスラいえる人がいた。戦前の小学校で暗記させられたのだ。しかし、年号を大化から平成まで憶えている人に会ったことはない。記憶力自慢の人は、試してみたらどうだろう。

ロマネスク建築とゴシック建築

今年四月一五日、パリのノートルダム大聖堂が火災にあった。炎上する寺院のありさまがテレビで放映され、パリ市民ばかりでなく全世界が息をのんで茫然自失した。「ノートルダム」、英語でいえば our lady で、「われらが貴婦人」という意味。聖母マリアに捧げられた聖堂だ。その白く輝く立ち姿と壮麗な内陣から「白い貴婦人」とも称えられる。まさにパリの象徴であり、ヨーロッパ・ゴシック建築の白眉である。

ヨーロッパには、どんな街にもどんな田舎にも教会が屹立している。教会が建ち始めたのは中世、紀元一〇〇〇年から一二〇〇年にかけてである。「西暦一〇〇〇年を過ぎることおよそ三年、大地は教会堂なる白い衣で覆われていた……」(グラベール)。

このころ農業生産が増大した。キリスト教が、修道院の活動を中心に活性化した。その時代を背景にヨーロッパ全土に教会建設のブームが沸き起こった。これをロマネスク建築という。

ロマネスク建築の特徴は何か。まず石造りの重々しい外観と暗い室内空間。そして石造りの穹窿(アーチ天井)。石造の天井を支えるため壁を厚くし、横断アーチ、控壁や片蓋柱で補給する。その結果窓などの開口部が限られる。しかしこの不愛想な石の堆積は、なんという力を秘めていることだろう。強さだけでなく精神的な深さをも含む力を。

紀元一一六三年。パリのノートルダム大聖堂の建設が始まる。一二二五年に一応完成するが、なお工事は続けられ、最終的に竣工するのは、一三四五年である。（ヨーロッパの教会建築は完成まで二〇〇年〜三〇〇年かかるのはざらで、われわれ日本人はその期間の長さに驚かされる）。この時代から建築様式がロマネスクからゴシックに代わるのである。

ゴシックの特徴は助骨交差穹窿で、この技法で重圧を側壁全体でなく、束ね柱と外壁に付け加えられた飛迫控で支えることができるようになった。尖頭アーチ（先のとがったアーチ）の多用とあいまって、空間を高く、また窓の開口部を大きくとることができるようになる。教会は一挙に巨大化し、尖塔が真っすぐ天をつく。ステンドグラスを通して別世界の輝くような光が内陣にふんだんに取り入れられるようになった。その内部空間は、列柱とカラフルな光が響き合い、音楽的諧調に満たされる。

建築が「凍れる音楽」と称されるゆえんである。

『言論は日本を動かす』

『言論は日本を動かす』（全一〇巻）は私が編集者時代に手掛けた最後のシリーズである。明治以降の近代日本の言論人一〇〇人を取り上げ、その業績と影響についてまとめたもの。多彩な人物を対象に、それぞれ当時の一流の筆者に依頼して書いてもらった。

編集委員は、政治評論家・内田健三、評論家・粕谷一希、作家・丸谷才一、東大法学部教授・三谷太一郎、劇作家・山崎正和の五氏。

内田さんは、共同通信の論説委員長を経て政治評論家になった人で、温厚な人柄だった。細川内閣のブレーンの一人で、そのころはよくテレビにも出演していた。

粕谷さんは、「中央公論」の編集長で名を挙げた。後に雑誌「東京人」を主宰して大きな影響力を与えた。東京にいるころ、私は大変お世話になった。

丸谷才一さんは、有名な作家で名エッセイスト。目黒のマンション住まいだった。「私のところは『目黒のサンマ坂　丸谷才一』で郵便が届く」と笑っていて、冗談好きの先生だったから、それも冗談だろうと思っていたら、本当だったそうだ。英文学者なのに、住まいでは着流しで、書斎の本も和綴じ本が多かった。本棚に並ぶというよりも違い棚に積むという感じ。丸谷さんはどんな短い挨拶も文章に書いてそれを読まれた。自分の書いたものに絶対の自信を持っていたのだろう。物書きのお手本というべきだ。

三谷さんは寡黙で実直、いかにも東大教授という感じだった。しかし平成天皇退位の折、急に新聞テレビでクローズアップされて、私はびっくりした。三谷さんは宮内庁参与として、平成天皇のご相談にあずかっていたというのだ。平成の忠臣は三谷さんに極まる、と私は内心思っている。

山崎さんは、頭脳明晰、恐るべき知識人だった。私は、この仕事よりずっと前に、その場はどこだったか忘れたが、江藤淳、高坂正尭、山崎正和の三氏が、そろってシンポジュウムで話すのを見たことがある。目から鼻へ抜けるというのか、その能弁ぶり、その堂々たる態度、その回転の速さ、まるで音楽を聴いているかのような感じに襲われたのを覚えている。

内田、粕谷、丸谷、三谷、山崎の五人に集まってもらって編集会議をかさねるのである。いずれも一国一城の主、議論が白熱すると竜虎のように吠え合う。編集者は猛獣使いでないと務まらない。

天平二年の梅花の歌

今年（令和二年）の梅の季節は格別だろう。とくに令和の里大宰府辺りでは、古式豊かな梅花の宴が催されるのではないだろうか。

天平二年正月一三日、大宰府帥《そち》。大伴旅人宅に、時の高官が集い新年の宴を催した。「時に、初春の令月にして、気淑《よ》く風和らぐ。梅は鏡前の粉を披《ひら》き、蘭は珮後《ばいご》の香を薫らす」

この「令月」と「風和らぐ」から「令和」という今の元号が生まれた。「令月」は正月の褒め言葉。

平たく言えば、「良いお正月ですね。お天気にも恵まれまして」という、亭主旅人のお客さんへの挨拶なのだ。

「梅は鏡前の粉を披《ひら》き」、梅を楚々たる美人にたとえたもの。「蘭は珮後《ばいご》の香を薫らす」。「珮後《ばいご》」は匂い袋らしい。「梅も蘭も咲き始めました」、これも春の到来を告げる挨拶だ。

さて、ここに、

「天を蓋《きぬがさ》にし地を坐《しきい》にし、膝を促《ちかづ》け、觴《さかずき》を飛ばす。言を一室の裏《うち》に忘れ、衿《ころものくび》を煙霞の外に開く。淡然に自ら放《ゆる》し、快然に自ら足りぬ。

もし翰苑《かんえん》にあらずは、何をもってか情《こころ》を攄《の》べむ。請《ねが》はくは落梅の篇《へん》を紀《しる》せ。古《いにしえ》と今と夫れ何か異ならむ。園梅を賦して、聊《いささ》かに短詠を成すべし」

ここのところはまさに漢文だ。古人の漢語力まことに恐るべし。下手な訳だがこんなところだろう。

天地の間に悠然とくつろぎ、車座になって一献くみかわそう。あれこれ思わず、この自然に浸り切ろう。心を開いて、心行くまで春を楽しもうではないか。

この悦び、いったい詩文によらずにどう表現できようか。昔中国に落梅の篇という詩があったという。私たちもそれをやろうじゃないか。古の中国と今の私たちに、何の違いがあるものか。さあ、この咲き誇る庭の梅を題材に短歌を歌おうではないか。

当時大宰府は、大陸との貿易の拠点。大陸への防衛の軍事基地。九州統治の府。天平二年の正月に帥の宅に集ったのは、すべて中央から九州各地に派遣された優秀は高官たちだ。しかし彼らは、同時に、万葉集を代表する歌人たちであり、大宰府は九州歌壇という文化の一大中心地をなしていた。立役者は大伴旅人と山上憶良という二代風流人。「万葉集巻五」は二人の傑作なのである。

黄鶴楼《こうかくろう》

先の冬号に「天平二年の梅花の歌」を書いた。しかし、大伴旅人の「序」について述べただけで、肝心の歌には触れずじまいだった。「梅花の歌」は三二首（実際は三八首）載せられていて、そのうちの七首が梅とうぐいすを歌ったものだ。

たとえば、「梅の花　散らまく惜しみ　我が園の　竹の林に　うぐひす鳴くも」のように。梅とうぐいすの歌が七首もあるというのは、万葉歌人にとって、この取り合わせがごく自然だったからだろう。

当時の歌人たちは、中国の古典に習うことを旨とした。それが風雅の道だった。同様に梅だって、中国からの舶来ゆえに珍重された。

ところが、梅とうぐいすの取り合わせも中国風かといえばそうでもない。

もちろん漢詩に、梅を詠ったものはある。うぐいすを詠ったものもある。しかし、浅学のせいかもしれないが、私には梅とうぐいすのとり合わせの漢詩は、杜牧「江南春望」、「千里鶯啼いて　緑紅に映ず」しか思い浮かばない。この「紅」だって、紅梅だとは限らない。緑との対比の「紅」だから、むしろ桃、椿のたぐいかもしれない。

つまり、梅とうぐいすの取り合わせは、日本独得ではないか。万葉の歌人は、中国流に習いながら、自分たちの感覚でとらえたわが国の自然を歌ったのだ。

右、蛇足。

さて、黄鶴楼。

今年正月から、武漢に発した新型コロナウイルスはみるみる蔓延して、世界中をパニックに陥れた。

武漢は湖北省の省都。長江（揚子江）と漢江の合流点にあり、長江随一のメガシティとされる。中国有数の工業都市、文教都市であり、中国の南北と東西とを結ぶ水陸の交通の要衝である。その交通のへそが閉鎖された。

武漢はまた国家歴史文化の名城（都市）でもある。長江を見下ろす武漢武昌区の丘に、三国志で有名な呉の孫権が造った黄鶴楼がある。黄鶴楼といえば唐の詩人李白で有名。放浪の詩人李白は、人生の転機に何度かこの地を訪れている。

　黄鶴　西楼の月　長江　万里の情

　春風三十度　空しく憶う　武昌城

武昌に赴く友人を送る李白の詩。武昌への熱い思いが込められている。

『草枕』

夏目漱石の『草枕』で、主人公が温泉宿の老隠居によばれて、喫茶する場面がある。相客はお寺の和尚と、隠居の親類の青年。そこで隠居が取り出したのが硯《すずり》。客の拝見に呈しようというのである。

「いい色合いじゃのう。端渓《たんけい》かい」
「端渓で鴝鵒眼《くよくがん》が九つある」
「九つ？」と和尚大いに感じた様子である。

もしこの硯について人の眼を峙《そばだ》つべき特異の点があるとすれば、その表面にあらわれたる匠人《しょうじん》の刻である。真中に袂《たもと》時計ほどな丸い肉が、緑とすれすれの高さに彫り残されて、これを蜘蛛の背に象《かたど》る。中央から四方に向かって、八本の足が彎曲《わんきょく》して走るとみれば、先には各《おのおの》鴝鵒眼を抱えている。

鴝鵒はムクドリ科。九官鳥の類だという。端渓硯にはこの鳥の眼のような文様（石眼）のあるのが高級で、古来今に至るまで珍重されてきた。『草枕』の「眼」は九つもあるという。確かにお宝に違いない。

硯にいっこうに縁のない私が、なぜこの挿話を持ち出したかというと、大昔に聞いた話と関係がある。

それはフランス文学の井上究一郎教授の体験談である。ある日、井上先生が鎌倉の大佛次郎邸を訪問した。大佛氏は井上先生に、珍しい硯が手に入ったから見せようという。そして、硯鑑賞のために、京都のたる源から取り寄せた新しい桶に水を張り、硯を沈めて、どうですと呈した。その場で、いそいそと立ち働いていたのは、日本舞踊の武原はん。

大佛邸のトイレは、便器の下をさらさらと小川が流れる仕掛けになっていた（今のような水洗トイレがない時代）。

大佛氏は猫が好きで、百匹ぐらい飼っていて、猫のためのアパートを邸内に作っている。ざっとこんな話だったたと思う。

大佛次郎氏の硯に、「眼」があったかなかったかは聞かなかった。しかし、硯は、桶に水を張ってそこに沈めて拝見するというのは、そんなものなのかと驚いた。

武原はんが、かいがいしく働いていたという話も、彼女が何者か知らなかったから聞き流した。上方舞の第一人者で文化功労者と知ったのは後のことだ。

情熱

作家の瀬戸内寂聴さんは、生きる上で大事なことは何かと問われると、「情熱です」と答える。

スタンダールの墓碑銘「書いた　愛した　生きた」を、文字通り地でゆくように貫いてきた寂聴さんの、生命の動力が、この熱い思いだったのだろう。

寂聴さんのみならず、大成した実業家や学者、芸術家、スポーツマンなど、自らのモットーに「情熱」を掲げる人は多い。では、「情熱」とは何ぞや。

例えば広辞苑は、「情熱＝激しく燃え立つ感情」。

上田万年の『大学典』では、「情熱＝情火」「情火＝激しき感情の力」とある。その通りだろうが、まことにあっけない。

おそらく昔の日本では、「情熱」という言葉は日常語ではなかった。「情熱」が、私たちの言葉になったのは、passion の訳語として定着した近代以降のことに違いない。

passion の意味は幅広い。英語辞典ではランダムに次の通り。

強い感情（これは国語辞典と同じ）、熱狂、熱望する対象、悪習（どうしてもやめられない信条や行動）、情欲、夢中になるもの、受難（キリストの）、好き嫌いの強い感情、決意、熱烈な愛や強い興味の対象、セックス、受難曲、生得の適性などなど。

passion は passive（初歩の英文法「受動態」）と同根、つまり精神の受動を表す。外部からの働き（能動）に応じて反応する精神の作用。デカルトはそれを六つに分類する。①驚き②愛　③憎しみ　④欲望　⑤悦び　⑥悲しみ。

フランスの哲学者アランは、情念（情熱と同じ）を的確に定義する。

「情念の中には責め苦のようなものがあって、言葉がそれを支持している。有名な実例。すなわち愉悦、怒り、そして恐怖に対応した愛、野心、そして吝嗇《りんしょく》」（アラン『定義集』）。

つまり、passion は、私たちが「情熱」という言葉に感じるプラス面ばかりでなく、マイナス面も含んでいる。

愉悦、愛、野心がプラス面なら、怒り、恐怖、吝嗇はマイナス面だろう。アル中やギャンブル依存症も情熱なのである。

情熱は、小説、演劇、音楽など、あらゆる芸術のテーマであり推進力だ。オペラのアリアは、情熱の絶唱にほかならない。

寂聴さんのいう「情熱」は、人間力を最高に引き出すプラスの情熱だ。

しかし、今まで知らなかったが、仏教の「煩悩《ぼんのう》」の英訳は passions なのである。

おらんだ正月

お正月は一月一日にお祝いすることに決まっている。しかし明治五（一八七二）年、太陰暦（旧暦）を太陽暦（新暦）に変えるまでは、一月一日は今の一月一日とは違っていた。例えば、今年二〇二一年の旧暦正月は、二月十二日に当たる。中国の春節と同じと思えばいい。そんな旧暦の江戸時代に、新暦（オランダ暦）の一月一日を元旦として祝う一団があったという。

時は寛政六年（一七九四）閏一一月一一日、太陽暦では一月一日に当たるというので、江戸の蘭学者大槻磐水《ばんすい》（玄沢）が首唱して、同志の蘭学者三〇名ほどを、本郷の自宅に招いてお祝いしたのが始まり。新しい元日を祝うというので、新元会と名付けたが、いつしか「おらんだ正月」と呼び交わすようになり、集まりはいらい四〇年以上続いた。

第一回のおらんだ正月の様子は「芝蘭堂《しらんどう》新元会図」という絵（重要文化財　早稲田大学図書館蔵）に残っていて、三〇人ばかりの人物が低いテーブルを囲んで、酒を酌み交わしている。当時の蘭学者はほとんどが医者で、江戸時代の医者は坊主頭だったことがこの絵から知れる。

八代将軍吉宗が、キリスト教以外の漢訳洋書を解禁したのが、享保五年（一七二〇）。一七四〇年には、青木昆陽、野呂元丈がオランダ語の勉強を始める。一七七四年、前野蘭化

（良沢）、杉田玄白『解体新書』を翻訳。『解体新書』翻訳に一番力を尽くしたのは前野良沢だが、良沢は、自分が蘭学に志したのは、ただ学問のためだ。それで名前を売ったり、利益をえたりするためではない。だから本の出版に自分の名前は出さないでほしいと言い渡したという。おらんだ正月の大槻玄沢は、前野良沢、杉田玄白の弟子。以上のように、一八世紀を通じて蘭学は発展し続け、明治以降の洋学の興隆へ向けて大きな懸け橋となった。

その蘭学の盛行に、多大な影響を与えたのが、長崎の通詞、蘭方医の吉雄《よしお》耕牛《こうぎゅう》（一七二四―一八〇〇）である。青木昆陽、野呂元丈、前野良沢、杉田玄白、大槻玄沢らはみな、吉雄耕牛の教えを乞うている。おらんだ正月は、じつは長崎の吉雄耕牛宅の宴を、大槻玄沢が江戸に持ち還った長崎土産なのである。

吉雄耕牛については、原口茂樹さんの『吉雄耕牛』（二〇一七年刊　長崎文献社）に詳しい。

思い出

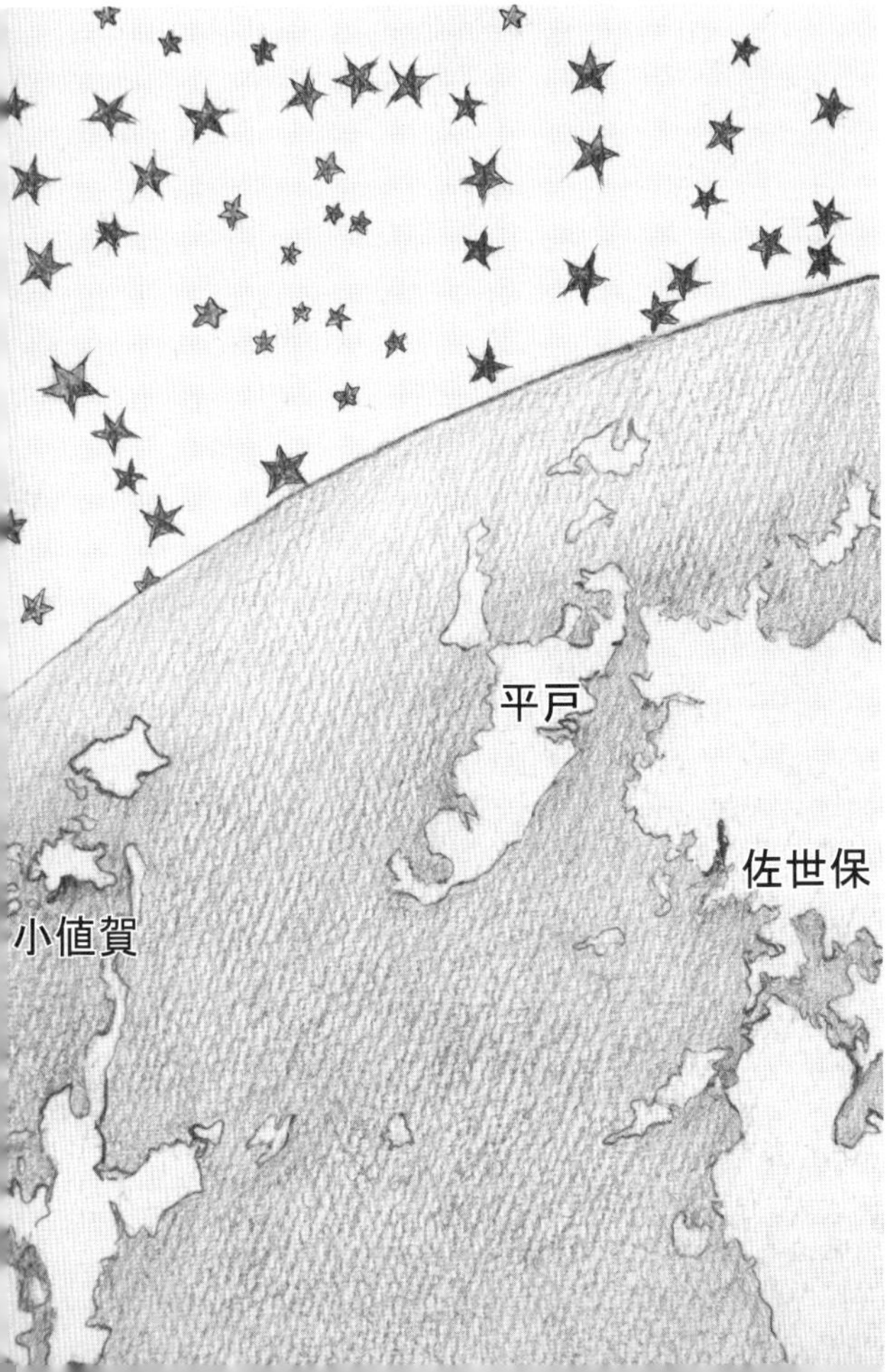

思い出（一）

大昔の小値賀

（一）値嘉の郷　景行天皇が巡行されたとき、志式嶋（平戸志々伎）の行宮《かりみや》にいらして、西の海を御覧になった。海中に嶋があって、煙が立ち上っている。従者安曇《あづみ》の連百足《むらじももたり》に命じて見させられた。嶋は八十余りあり、二つの嶋に人が住んでいた。第一の嶋の名は小近《をちか》、土蜘蛛大耳が住み、第二の嶋の名は大近、土蜘蛛垂耳《たりみみ》が住んでいた。他の嶋には人は住んでいなかった。百足は、大耳らを捕らえ、奏上した。天皇は命じて殺させようとされたが、大耳らが叩頭して申し上げた。「私たちの罪は極刑に値します。万遍殺されてもその罪は償いきれません。しかしもし温情を下し賜い、生きることができれば、物産を造り奉り、御膳に何時までも献じましょう」と申し上げて、木の皮を取って、長鮑、鞭鮑、短鮑、陰鮑、羽割鮑などを模《かたど》って奉った。天皇は恵みを垂れてお許しになった。さらに天皇は、「この嶋は遠いけれども、なお近いように見えるから、近嶋というべし」と仰った。それで、値嘉という。嶋にはビロウ、木蘭、クチナシ、イタビ、葛、ナヨタケ、篠、由布、ハス、ヒユがある。海には鮑、さざえ、鯛、鯖、雑魚、海藻、海松《みる》、雑海菜がある。その白水郎《あま》、馬・牛に富む。

一方には百余りの近い嶋があり、他方には八十あまりの近い嶋がある。西に船泊まりが二つある。遣唐使はこの泊りから出発して、西を指して航行する。この嶋の白水郎、容貌は隼人に似て、つねに騎射を好み、言葉は一般とは異なる。（『肥前国風土記』松浦《まつら》の郡）

（二）八一三（弘仁四）年　大宰府からの報告はいう、「新羅人一一〇人が五艘の船に乗り小近島に着き島民と戦い、島民は九人の新羅人を打ち殺し、一〇一人を捕獲した」（『日本後記』）。

（三）一一五一（仁平元）年　小値賀島本領主清原是包《これかね》、領家より勘当され、松浦直《なおす》、預所下文を賜り弁済使となる。（瀬野精一郎『松浦党研究とその軌跡』）

（四）一三三四（建武元）年　松浦一五代肥州公定、小値賀の塩土にもっこをもって田となす。牛の力を用いること極めて多し。牛多く斃る。公これを悼む。この年大乗妙典の碑を船瀬浜に建つ。土人呼んで牛塔と称す。（『松浦家世伝』）

私のふるさと小値賀について大昔のことを年代順に列挙した。何故こんなことをしたかというと、年表を繰っていて、（二）の新羅人一一〇人の来島の事件を初めて知って驚いたからだ。この事件は『日本後記』に大宰府からの報告として記されている。

八一三年といえば、平安遷都が七九四年だから、それからまだ二〇年も経たない平安初期、嵯峨天皇の御世である。桓武平氏、嵯峨源氏というくらいだから、武士の頭領のご先祖さまはすでにいたかもしれないが、武士はまだこの国には存在していなかっただろう。

一一〇人もの新羅人が、いったい何ゆえこの小さな島に押しかけてきたのか？ そして、そのうちの九人を打ち殺し、一〇一人を捕まえるという荒業をやってのけた島民は、いったいどのような人々だったのか？

鮑と小値賀、そして土蜘蛛の血

（二）の『肥前国風土記』によれば、値嘉の郷の海中に八〇余りの島があって、人の住む島は二つ、小近、大近といって、小近には土蜘蛛大耳が住み、大近には土蜘蛛垂耳が住んでいたという。小近が上五島で、大近が下五島だとか諸説があるけれども、小近から小値賀をはずす意味も根拠もないだろう。

さて、小近の住人土蜘蛛大耳が景行天皇に降伏した際、年貢として朝廷に奉ったのが、長鮑、鞭鮑、など鮑の製品だ。鮑が小値賀の特産であるのは昨日までその通りだった。昨日まででというのは、地球温暖化の影響で、今日著しく変わりつつあるからだが。ともかくも、鮑と小値賀の因縁は神代の時代から最近に至るまで延々と続いてきたことになる。当初は都へ運ばれて朝廷へ貢がれ、江戸時代以降は長崎へ運ばれ、松浦藩の物産として中国へ輸出された。

　小値賀の名前の由来についても書かれている。昔私たちが聞いたのは、神功皇后が唐見崎から唐を見て、「おお、近い」といったから「小値賀」と名づけたという話だったが、『風土記』によれば、景行天皇が名付けたことになっている。お二人とも伝説上の方だから、同じようなものだけれども。

「その白水郎《あま》（漁民）馬、牛に富む」。牛は確かに島に今でもいるし、有名だ。平安時代、京の牛車を引いたのも小値賀の牛だったと言われている。

「この島の白水郎、容貌は隼人に似て、つねに騎射を好み、その言葉は俗人と異なる」。しかし、馬といい、騎射といい、とても小値賀になじみがあるとは思えない。騎馬軍団と西海は結びつかないのである。対馬か肥後国の話と混同しているのではないかしら。

　ともかく、小近の白水郎（漁民）は一一〇人の侵入者を向こうに廻して戦った。白村江（六六三年）への従軍もあれば、防人への徴兵もあって、戦の経験は土蜘蛛の血の中に受け継がれてきたのだろう。しかし、一一〇人を完全に捕縛するには相当の統率者と組織がなくてはならない。景行天皇に平伏した大耳とはイメージが違いすぎるのだ。

　新羅人は何ゆえ小値賀に押しかけたのか？　強奪すべきお宝が島にあったとは考えにくい。当時の新羅は内乱が多発し、国は傾きかけていたという。年表を見ても、この事件以降、新羅人が百人単位で帰化したという記事が増えている。推測するに日本への亡命が目的だったのかも分からない。しかし、大宰府の報告には取り調べの詳細は一切ない。九人打ち殺して、一〇一人捕獲した、それだけだ。八一三年の小値賀島の事件（島民にとっては島をひっくり返すほどの大事件であったろう）が大宰府に届けられ、その情報が朝廷に通報されて、記載されている。なるほど立派な国家の体をなしている。というか、西海の小さな島までが国家組織にきちんと組み込まれている。これは驚きだ。

小近の土蜘蛛大耳が景行天皇に降ったのが何時か、神話の彼方に茫々としていて定められないが、しかし、先に見たように『肥前国風土記』ははしなくも遣唐使に触れている。遣唐使派遣は六三〇（舒明天皇二）年だ。だから、土蜘蛛と景行天皇の神話伝説は別としても、値嘉の郷について本書に書かれた物産・風俗は、大和時代以降、おそらくは『風土記』ができあがる頃のものと大差ないと見てよいだろう。

嵯峨天皇の御世、小値賀の白水郎は、景行天皇の昔と変わることなく、鮑を取り、製造し、都に納めていた。しかし、いったん異国の侵入に遭遇するや、大耳というやわな呼び名とは裏腹に、本来の土蜘蛛に立ち返り、激した戦闘者の顔を覗かせていたわけだ。

「青方文書」は小値賀に関する書

（三）は平安末期。保元（一一五六）・平治の乱（一一五九）の直前。小値賀島本領主清原是包、

領家より勘当される。これが「青方文書」で繰り広げられる小値賀島地頭職をめぐる争いの発端であるらしい。

突然、小値賀島本領主が出てきて私は驚いた。大耳でも土蜘蛛でもなく、固有の氏名を持つ武士らしき男がこの島に立ち現れる。

鎌倉時代、間断なく続いた小値賀島地頭職をめぐる争いの経緯は、本書「はまゆう」同人の瀬野精一郎先生著『松浦党研究とその軌跡』（青史出版）に詳しい。

恥ずかしながら私は「青方文書」が小値賀に関するものだとは、瀬野先生の本を読むまでまったく知らなかった。青方といえば今も昔も五島。だから、それは五島の話だろうと、覗いて見ることすらしなかったのである。島育ちは偏狭だとつくづく思い知らされた。（偏狭なのは私に限ったことで、一般化しようというのではもちろんありません。）

平安初期、桓武天皇の時代には、無名の白水郎に過ぎなかった小値賀の島民が、三世紀以上を経て源平の時代、清原是包という名を持つ武士として歴史に登場してくる。

唐風典雅に始まった平安文化は和風優美に終局を迎えようとしている。その間、源平を核とする武士達が生まれ、ひしめき、競合して、国を、あるいは時代を変えようと動き出す。流れはとどめようがなく、その激流に、小値賀もまた巻き込まれようとしていた。

（四）一三三四（建武元）年　松浦一五代肥州公定《さだむ》、小値賀の塩土にもっこをもって田となす。

いわゆる舟瀬の新田開発。松浦定（誰から教えて一五代なのだろう?）は、それまで二島だった小値賀の海峡部を埋め立てて、今のような一島に変えたのである。埋立地はすべて田になった。小値賀は米が自給自足できる数少ない島と言われたのはこの新田のおかげに違いない。定は最後まで後鳥羽上皇の側に立って、戦ったという。その多忙な武人が、小値賀の埋め立てを指揮したというのは何のいわれがあったのか興味深い。

私たちの子供のころ舟瀬の浜は海水浴場で、この浜に、埋め立てで犠牲になった牛を供養する牛の塔があり、私たちは濡れた体でこの塔に登って遊んだりした。

とはいえ、「土人呼んで牛塔と称す」とは恐れ入った。今だったら差別用語で使えないが、南北朝時代でも公的に通用したのだ。しかし、「蜘蛛」が「人」に昇格していると見られなくもない。

私は小値賀の笛吹に生まれた。私が物心ついた頃は、もちろんもう笛吹が町で、前方《まえがた》は田舎という感じだった。しかし、埋め立てで一島になる前は、前方の方が小値賀だったのである。

「九月、松浦肥前守定小値賀島西浜の塩潟を埋め立てて新田を開き、二つの小さな島を一つの大きい島にした。定、これに命名して小値賀といい、古来の小値賀の地域を前方という」（前方村郷土史）

考えてみれば「笛吹」は笛吹峠からも連想するように田舎、あるいは「浦」という感じがする。笛とは草笛の笛だ。後よりも前のほうが中心地に違いないし、前方は確かに平戸、あるいは大宰府のほうを向いている。唐見崎も前方にあって、遣唐使船もここから中国へ出発していた。小値賀の中心地が笛吹に移るようになったのは、江戸時代、小田家が笛吹を捕鯨の拠点にしてからに違いない。

夢の中で小値賀と一体化する私

学生として上京した当初、私はよくふるさと小値賀のことを思った。私は中学二年生のとき、小値賀から佐世保に移り住んだ。しかし、佐世保で小値賀を懐かしんで思ったりしたことはなかった。東京でふるさとを恋うなどというのは、やはり「ふるさとは遠きにありて思ふもの」だからかもしれない。もうひとつは、上京したころは子供から大人に変わる時期だったから、去り行く子供の時代に、強い郷愁を覚えたのかもしれない。

眠りにつこうとして、小値賀のあちこちが走馬灯のように浮かぶ。島のすみずみが隈なく見透かせる。小値賀を一番よく知っているのは私だと確信する。やがて渦巻く島影に私は飲み込まれ、夢の中で私は小値賀に一体化する……。

後年、小値賀を歩き回って、この島についていかに何も知らなかったか私は思い知らされた。通ったことのない道、訪れたことのない岬、渡ったことのない小島、覗いたこともなかったお寺、そんな場所のなんと多かったことか。そのときの島は私によそよそしかった。あれほど思いつめたのに、と片思いが強い分、私は興ざめした気分になった。
しかし、実際島に住んでいたのは子供時代だったわけで、子供の「知りうることのすべて」はたかが知れている。上京したころ、私が島に抱いた幻想は、何と言ったらよいか、そう、紐帯のようなものが島と私をつないでいて、それを通して私は島の鼓動を聴いたのだ。「ふるさと」という言葉が私たちの心を射止める時はそんな時だろう。そして、それは同時に紐帯が切れる時だったのだと、今にして思えばそう思う。

思い出を語る年になったとは思わない。「成熟」と江藤淳が言ったのは四〇年も前だったと思うが、確かにその頃から日本人は成熟しなくなったように思う。経済成長と成熟はどこかで相反している。しかし、成熟はなくてもボケはくる。ボケと競いながらこれから思い出をまだらに辿ろうというのが、私の試みだ。

思い出（二）

三歳のころの記憶は疎開先か

一九四二年（昭和一七年）六月二一日、私は小値賀で生まれた。小値賀町笛吹郷一六七六番地である。

最初の記憶は三歳のころだと思われる。まず、家の前の小川。小川というよりも田の水路の小さな流れで、そこで洗い物をする人の姿。母だったかもしれないし、叔母だったかもしれない。二つ目は、はるか向こうを走る汽車とその汽笛。三つ目は、暗い電灯の下の風呂。石鹸を目に入れて泣き喚く私。母がどんなにあやしても泣きやまない私。

なぜそれが三歳児の記憶かといえば、小値賀の家のまえには川も流れもなく、ましてや汽車はない。記憶の場面は小値賀ではないということだ。終戦前、私は母につれられて相浦《あいのうら》新田の叔父の家に疎開していた。小川や汽車の記憶はその時のものにちがいない。そのころちょうど私は三歳だった。

小値賀から佐世保へ疎開したといえば、誰でもいぶかる。疎開といえば都会から田舎へ行くんじゃないの？　そう考えるのが普通だが、私たちのばあい逆だ。敗戦が色濃くなるにつれ、祖父は島が焼け野原になる、あるいは占領者によって島民が皆殺しになる悪夢を見たにちがいない。島には逃げ場がない。佐世保であれば、まだ九州のどこかに逃げ隠れすることができる。祖父は自分の血を絶やすのを恐れたのだろう。祖父の命で母と私は佐世保に疎開することになったのである。

終戦後まもなく私たちは小値賀に帰った。相浦から小値賀へ、汽船ではなく小型漁船で渡ったはずである。出発時と入港時はまったく記憶にないが、途中の一瞬をくっきりと覚えている。船先に棹差しの若い漁師が立っていて、運転席からは船頭さんが顔を覗かせていた。母は板張りにすわり、私はその膝の上にすわった。よく晴れていて海は凪いでいた。母は和服だったと思う。私は母にハンカチを借りた。汗を拭く仕草をしながらハンカチを海に放った。ハンカチは一瞬青い空に翻り、次いで海に張り付き真っ白に漂う。棹差しの若者が棹でハンカチを手許に引き寄せ、母に返す。母は申し訳ないと若者に詫びる。もうしないからと私は母にハンカチをせがむ。ふたたび空に舞うハンカチ。ふたたび引き寄せられるハンカチ。ふたたび詫びる母。三度せがむ私……映像は切れたフィルムのように無限に空回りする。

「最初の記憶」についての言葉のなかで一番印象に残っているのは三島由紀夫のそれだ。

「永いあいだ、私は自分が生まれたときの光景を見たことがあると言い張っていた」（『仮面の告白』冒頭）

「……私には一箇所だけありありと自分の目で見たとしか思われないところがあった。産湯を使わされた盥のふちのところである。おろしたてのさわやかな木肌の盥で、内がわから見ていると、ふちのところにほんのりと光がさしていた。そこのところだけ木肌がまばゆく、黄金《きん》でできているようにみえた」

まさか！　生まれたばかりの赤ん坊の眼が見えるわけないよ。初読のとき、私は即座に否定しながらも、しかし、あるいは三島ならね、とうっかり彼に丸め込まれそうになったりした。

ちなみに三島は最期に見たものについても書いている。

「正に刀を腹へ点き立てた瞬間、日輪は瞼の裏に赫奕《かくやく》と昇った」（『奔馬』終末）

とりあえず、生まれたときも死ぬときも、三島は太陽を見たといっていると覚えておこう。三島は顕示欲の強い人で、文やパフォーマンスでさまざまに自己を露出している。その中で一番見せたかったのは、大きく見開かれた自分の眼ではなかったろうか。すべてを見透かしているよといっているあの眼。否、あの眼はじつは何も見ていず、太陽にむけて黒く、大きく、穿たれていただけではなかったのか。

小西家六代常蔵は中興の祖

「最初の記憶」から思わず三島由紀夫に話がそれたが、本題にもどる。母と私に佐世保への疎開を命じた祖父は常蔵といった。常蔵というのはわが家の当主名で、区別するために祖父を八代常蔵と呼んでいる。常蔵を名乗るまで繁次郎といった。繁次郎は明治一一年一月二七日、父小西常太郎・母トクの四男として生まれた。

わが家では六代常蔵を中興とよぶ。六代は明治二二年に五〇歳ぐらいで亡くなっているから(推定)、明治維新のころ三〇歳前後であったろう。六代に二人の子があった。長男が利太郎、二男が常太郎。利太郎が七代常蔵となり、常太郎は分家を立てて「となり」と称した。家が隣同士で、本家の隣に位置したからである。家業は屋号が「キャーザ(貝座)」といったから水産業、おそらく鮑の採集・生産に携わっていたはずである。七代は小値賀郵便局長に就任し、また造り酒屋も始めている。

七代には常民という子がいたが、明治三〇年に亡くなった。他に男の子はいない。跡取りを失ったのだ。そのため長女トクに婿をとることにし、弟常太郎の四男繁次郎に白羽の矢を立てた。二人は従兄妹同士である。

明治四〇年一月一八日、繁次郎は本家に入籍する。同年一月二八日、七代死去。翌二九日、繁次郎、家督を相続。明治四〇年七月、繁次郎、常蔵と改名。二九歳のときである。

いかに事態がばたばたと進んだかがわかる。七代の死が目前に迫った中で、家の存続を図るべく遮二無二事が決められていった。このときから昭和三一年、七九歳で死ぬまで、祖父の頭には家の存続という一文字しかなかったに違いない。

なお、八代常蔵の生母がトクで、妻がトクというのはまったくの偶然で、筆者が間違えたわけではない。昔はおトクさんという名は、多かったのだろう。しかし、いくら偶然でも、母と妻の名が同じというのはそうそうあることではなかっただろう。

八代と妻トクの間に、男子が誕生し、一備《いちび》と名付けた。明治四三年二月一四日のことである。祖父はほっとしただろう。跡継ぎが生まれたのだから。肩の荷の半分は降ろしたと安堵したに違いない。しかしそれもほんの束の間。同年一〇月二八日、妻トク死去。九か月の乳飲み児を残してである。

昭和五三年発行の『小値賀町郷土史』に祖父についての記載がある。引用すれば次のとおりである。

「旧小値賀小学校卒業後独学で学業を修め、酒造業を営んだ。明治四十年二月二十三日、第四代小値賀郵便局長小西常蔵（先代）から郵便業務を引き継ぎ第五代郵便局長に就任した。以来昭和十六年十月二十五日に子息小西孝三郎が第六代郵便局長を引き継ぐまでの三十四年間の長期に亘り、郵便物集配の円滑を期し、併せて簡易保険、郵便年金、電報電話等多くの事業を開始し郵便事業の開発に尽力して、現在の充実した小値賀郵便局の基礎を築いた。

さらにこの間、明治四十三年二月十四日には尼崎忠兵衛氏等と、ともに株式会社小値賀魚市場を開設して取締役となり、水産物共同販売の基礎を固め販売網の充実に努めた。また、大正八年一月に建設された小値賀発電所の設立についても尼崎忠兵衛氏とともに、本町の電気事業の基礎を築き島民の生活向上に大きな貢献があった。そのほか漁民の民事相談にも気軽に応じ、漁民の公共用に必要であるならばと自己の所有地を無償で提供することも一度や二度のことではなかった。笛吹在外浦の塩田用地三千坪はその一例である……」

三人の祖母

尼崎忠兵衛氏は小値賀商業界の大立者。「尼忠」を屋号に本店、東店、副店、分店など、それぞれ番頭さんを独立させて、小値賀の商店街を席巻した。海藻からヨウソを製造しようと試み、会社町を作ってその拠点にした。会社町の一角に芝居小屋「布袋座」を建てた。布袋座は桟敷席も楽屋も完備した小屋で、昭和三〇年代まで町民はここで映画や芝居を観た。小中学校の学芸会の舞台も布袋座で、父兄は弁当を持参して子供たちの芸を楽しんだ。

祖父・八代常蔵は大正三年八月一日、後妻として松園ミワを入籍している。ミワは上五島青方の出身。常蔵が郵便局長だったため、そのネットワークで知ったものと思われる。同日長女マス子誕生。同日というのは、再婚していたが籍はそのまま放っておいたのが、長女が生まれてあわてて入籍したというのが実情だろう。今では考えられないが昔は頓着しなかったに違いない。

大正五年七月二七日、二男孝三郎生まれる。私の父である。祖父にとって短い家族のぬくもりがそこにあった。

さて、祖父のその後を話すまえに、「となり」について触れておかなければならない。祖父繁次郎（幼名）は「となり」の常太郎の四男だということは前に触れた。本家と違って常太郎は子沢山だった。長男は常吉。二男、三男は早世だったのか記録がない。五男は繁吉。後に「新宅」をたてて、常蔵と車の両輪となり、威勢を振るった。戦前長崎県会議員も務めている。

六男は繁五郎。新木村に養子に行き、旅館を経営したがうまくゆかず、相浦の新田に移った。私が疎開したのはその「となり」だったのである。

なお、祖父には姉が一人おり、山吉に嫁に行った。山吉は山崎吉兵治氏の屋号。氏は安政四年、五一歳のとき、町年寄り惣領格。明治八年、初代郵便局長。わが家の郵便局長という職は山吉の家業を引き継いだものだ。山吉と小西の関係は古い。二代の妻は山吉出身だし、三代の妻も山吉の養女。六代いわゆる中興の妻も山吉出身である。

祖父にとって家族のぬくもりは長くは続かなかった。昭和四年一一月二〇日、長男一備死去。翌一二月三日、妻ミワ死去。

一備は子供のときから頭がよく将来を嘱望されていた。彼は旧制中学から京都に上った。「となり」の当主常吉はもう亡くなっていたが、常吉の長男常太郎（ややこしいが、「となり」の開祖の名を孫が継いだのだ）、二男孝男はともに京都帝大を出て、常太郎は京都に、孝男は大阪に居を構えていた。一備は常太郎（一備の年長の従兄弟に当たる）の家に厄介になりながら勉強に励んでいた。しかし、腸結核に罹り帰郷を余儀なくされた。齢一九歳。私の生まれた家は、祖父が一備の療養のために建てたという。それまで住んでいた町中の暗い土間の家から、町外れの高台に、藪を開き、石垣を築き、採光と通風のよい家を建てた。回り廊下付き総ガラス張り。しかし、建物の完成を待たずに一備は逝った。

一〇日あまりで、妻ミワが死んだ。実子マス子一五歳、孝三郎一三歳である。

それから五年、昭和九年一一月一五日、祖父は三度目の、そして最期の結婚をする。相手は青方チヨ。子供たちのためにそれが一番よいと思ったのだろう。

そのチヨも昭和一六年病を得て死ぬ。昭和一七年に私は生まれた。私には祖母が三人いたはずだが、その一人も私は知らないのである。三人の祖母も誰一人として私という孫を知らない。トクは智徳院、ミワは智月院、チヨは真鏡院、とそれぞれに戒名を持っている。しかし戒名をいくら唱えても、その顔は浮かんでこない。

もっとも母方の祖母は私の五歳くらいの時に亡くなった。その笑顔はちゃんと覚えている。笑顔は覚えているけれども声はもう思い出せない。

話は少し飛ぶけれども、私の父孝三郎は昭和二〇年一月一日に戦死した。享年二九歳である。三歳の私が残された。時に祖父は六七歳。これまでに三人の妻と二人の跡継ぎに先立たれた。運命に十二分に痛めつけられている。そしてこれから先、三歳の孫を育ててゆかなければならない。

私は当時の祖父の齢になってつくづく思う。今、三歳の孫を背負って生きてゆく気になるだろうか。もういい、そろそろ人生を下りたいという気持ちが動いてもおかしくない齢だ。実際、祖父は昭和一八年、隠居して家督を息子孝三郎に相続させている。最後の妻も死んだ。息子には子供もできた。潮時だ、と祖父は思ったのだ。その息子がいなくなった。昭和二一年九月、孫の私が家督を相続する。四歳。戦後とはいえまだ旧法の時代である。逆行はできない。

祖父は歯を食いしばって四歳の当主を支えなければならない。

思い出（三）

小値賀の正月

小値賀のわが家の正月はおこわとノーリャの味噌汁だった。おこわは師走の三〇日ごろ作った。もち米を蒸して一口大に丸く握ったもの。黒塗りの椀に四個ほど入れ、一個食べたらお代わりで一個つぎ足した。ノーリャの味噌汁は、具にサトイモとなまこが入っていたのはおぼろげに覚えているが、他に何があったかは忘れた。私が一四歳のとき祖父が死んで、母も佐世保に出てきたが、いらい正月料理は雑煮でノーリャの味噌汁は作らなくなった。だから名前ははっきり覚えているのに中身はまるで覚えていない。もっとも親類は、たとえば薬店（母方の里）も新宅も正月は雑煮だったので、ノーリャの味噌汁はわが家以外で見聞きしたことはない。漁師の家までは知らないが、我が家独得だったのかもしれない。

元日は朝五時ごろから神棚と仏壇に灯明をともし、離れ座敷で年を取った。床の間には中央に天照大神と大書した軸、左に彩色の七福神図、右に墨絵の寿老人図を飾った。床の間を背に祖父と私が並んで坐り、向かいに母とお手伝いさんが坐った。祖父は紋付袴で、たいてい襟巻きをかけていたように思う。私も小学校二年生くらいまでは着物を着せられた。それ以降はセーターとズボンだったが。

年取りの間は誰も一言もしゃべらなかった。屠蘇を注ぎ、杯を回し、おのおのの高御膳から、おこわと味噌汁、他におそらく膾とするめ昆布がのっていたはずだが、それらに黙々と箸を伸ばした。おこわを一つ食べると母が椀を引き、一つつぎ足す。そのもう一つを食べて終わりだったと思う。他は残すのだ。最後におめでとうと祖父が言い、お膳を引いて皆居間に移った。

おこわはたくさん作っていた。松の内の間中あるいはもっと遅くまで、朝火鉢で、餅やかんころ餅などと一緒に焼いて食べた。焼いたおこわは香ばしくてお茶漬けにしてよく食べた。

今年の冬（二〇一二年）はえらい寒いが、私たちの小さかったころはもっと寒かった気がする。子供たちでもあかぎれやしもやけで手を真っ赤にし、首を縮めて歩いたり走ったりしていた。

我が家の暖房は火鉢だけだった。茶の間に角火鉢をすえ、そこが祖父の定位置だった。火鉢でお湯を沸かしたり、手をあぶったり、餅を焼いたり、酒の燗をつけたりした。居間から障子を隔てた隣が台所。台所は土間で母達はぞうりや下駄を履いて料理をした。くどは三つあってご飯は釜で炊いた。風呂の焚口は台所の出口の近く。くどから外に煙突はあったけれども、それでは足りないと見たのか、台所は天井がなく吹き抜けになっており、しかも上方の壁は煙抜きの桟つくりになっている。だから餅つきなどのばあいは台所に炉を組み立てて蒸篭を炊いても煙はこもらない。雨が漏ることはなかったが雪の日は台所に雪がちらついたりして、暖まらず、寒かった。

洗い場はくどに並んであった。水道の蛇口から水が出た。水道は自前のものだった。上の畑の井戸があり、その井戸の隣に大きめのコンクリートの水槽を備えていてそこに水を汲み入れる。その水が、洗面所、風呂、台所、庭の防火槽の蛇口に送られる仕掛けになっていた。

小値賀は水が大変だった。井戸のある家はそう多くなく、多くの家が貰い水を汲んで運ばなければならなかった。大きめの水桶二つを天秤棒で担いで運ぶ。これは小値賀の女性たちにとって重労働だった。その点ではわが家は楽だった。しかし、水桶に井戸から水を汲みためるのは結局は家の者がしなくてはならない。最初は釣瓶で、後は手押しポンプに変わった。しかしポンプでも毎日使う水を貯めるのは容易ではなかった。

水といえばもうもう一つ。小値賀は小さな島である。どの井戸の水も塩辛い。今はもうないが昔小値賀には酒造屋がいくつかあった。かく言うわが家も酒造りをやっていたことがある。今でも小値賀から杜氏さんたちが九州の酒屋に来ているのもそのころの名残だろう。小値賀の水で作った酒はいったいどんな味だったのだろう。当時の酒が残っているわけはないし、そのころの酒の味を知ってる人もいるはずはないから、知りようがないが、本当にうまかったのかいささか怪しい。

風呂は五右衛門風呂だった。踏み板がけっこう重く、小さい時は一人で入るのが大変だった。

一度我が家に外人が泊まったことがあったが、板を踏み外して大騒ぎしたのを覚えている。

いわし、カボチャ、カンコロ

春になるといわしが獲れはじめる。私の小さいころは本当にいわしがよく獲れた。ただ小値賀にはいわし船団がなかった。船団は上五島から雲霞のごとく押し寄せてきた。小値賀を基地漁港として、夕方出航し、朝早くいわしを山のように積んで帰ってくる。お手伝いのネエちゃんが船までいわしを貰いに行く。貰ってきたいわしを筵に広げる。一家中で手早く捌くのだ。

まず指で尾引いて刺身を作る。頭をもぎ、指を腹から突っ込んで腹開きにし、背骨を尾のほうから取り除く。これを尾引き（おびき）という。これが朝のおかずである。昼は味噌煮か塩焼き。夜は擂り身のお汁、揚げ物。もちろんサクラ干も作る。

今のように冷蔵庫はなかった。窓の外に「蝿入らず」があるばかり。したがって新鮮な生魚は朝刺身で食べるのが当たり前だった。もちろん、鰤やシビのような持ちのいい魚は別だったが。

こうしていわしの時期は朝から晩までいわしを食べていたことになる。他にしょっちゅう食べていたのはカボチャ、カンコロ。

カボチャは煮物のほか、ボブラ雑炊（ゾーセと言った）。カボチャをどろどろに煮たのに小豆や団子を入れたもので、主食として食べた。カンコロも蒸して、すりこ木でついて食べた。今私はカボチャもカンコロも、どうぞと出されても遠慮する。いわゆる食傷という奴だ。しかし、おかしなもので、いわしには食指が動く。小さいころあんなに食ったのに、まだ飽いてないと見える。もっとも近頃はいわしが少なくて食卓に上ることは滅多にないのだが。

木登りは得意技の一つ

上の畑に井戸があると書いたが、我が家の土地は二段になっており、上の段が畑で、下の段が家と庭になっていた。畑を併せて八〇〇坪、建坪が一五〇坪。周りを石垣で囲い、畑のほうには椿を植えて防風林とした。椿の木は私の遊び場で、小さいころはよく登ったり巣を作ったりした。花の蜜も吸った。畑の中央にみかんの木が二本あった。またビワの木もあった。みかんの木もビワの木も、私と私の友人の遊び場だった。木登りは数少ない私の得意技の一つだ。木に登って枝をゆすったり実を食べたりした。みかんはまだ青いすっぱいのをもいで食べた。ビワも同じ。ビワの実はちょうど梅雨時。お腹を壊すといつも怒られた。中庭にあった梅の木もそうだ。しかし、梅はあまり食べなかったような気がする。とてもすっぱかったし、梅干を毎年作っていたからかもしれない。梅雨といえば玄関先にヤマモモの木があった。ヤマモモは熟するととてもうまかった。口を真っ黒にして食べた。よその知らない子供たちが石垣を登って木に移り、ヤマモモを取って食べたりしていた。

東京から佐世保に帰ってきてよく烏帽子に歩いて登ったが、途中道路が真赤になるほど実が落ちていて、ああヤマモモだと懐かしんだ。烏帽子への途中で蛇を見た。東京にいた間中、道で蛇を見たことはない。ああ、田舎に帰ってきたと実感した。

畑では大根や根深などを作った。夏にはトマト、ナス、きゅうり、カボチャなどを植えた。スイカは素人には手入れが難しいのか我家で植えたことはない。

屋敷から離れたところに二、三枚畑があってそこには麦や芋を植えた。我が家の人手ではもちろん無理で、人に頼んでやってもらっていた。新宅の二郎叔父がよく鍬を振るった。お百姓さんが牛を連れて鋤で耕した。田はなかった。農地解放で、祖父によれば、田はすべてとられてしまった。

思い出（四）

「京都のおじちゃん」のこと

「京都のおじちゃん」が何時から家にいるようになったたか、私には覚えがない。物心ついたときは、もう一緒にいたような気がする。京都のおじちゃんこと常太郎氏は、祖父常蔵の兄常吉の長男である。常吉の父、つまり「となり」の開祖常太郎の名を襲って名付けられた。常吉には五人の子がいたが、自身は早死にした。末っ子の常夫さんが生まれて、二週目には亡くなっている。常太郎叔父一五歳のときである。常吉の死後、弟の常蔵（私の祖父）が隣の子供たちの面倒を見た。常蔵は本家に養子に行き、家長となったのだから、それは当然の責務だったろう。

常太郎叔父は頭がよく、猶興館、五高を経て京都大学の物理を出た。時代の影響もあったと思うが、大学卒業後、彼は発明に没頭し、京都で弁理士を開業した。やがて京都の女性と結婚し一家をなす。彼の家はまるで小値賀小西の京都出張所の観を呈した。常太郎氏の弟達ばかりでなく、私の父も、叔母も、祖父の弟繁吉の長男一夫さんも、学生時代はみな京都に出て、彼の家に世話になった。

戦争で私の父は死んだ。私の祖父常蔵は家督ばかりでなく、郵便局長の職も父に譲っていた。今では考えられないが、昔の特定郵便局長は家業だった。代々職を継いでいたのである。局舎もわが家の名義だった。明治政府は郵便事業を整備するために、民間の協力を要請した。つまり金を出させた。その代わりに種々の特権と利権を与える制度を作ったのである。

常蔵は郵便局長の後継者として、甥の常太郎氏を指名した。京都のおじちゃんが郵便局長として我が家で暮らすようになったということは、彼が祖父の申し出を受け入れたからだ。受け入れざるを得なかったのであろう。これも今では考えられないが、家長の権限はかくも強かったのである。常太郎氏の奥さんは京都人である。彼女は京都帝大出の学士様と結婚したのであって、小値賀島の男性と結婚したとは思っていなかったに違いない。今さら西海の果ての小値賀島に行くなどということは青天の霹靂、まったく考えられなかっただろう。彼女は小値賀への同行を断固拒否し、一人息子とともに、京都に残った。こうして京都のおじちゃんは単身帰郷したのである。常太郎氏、すでに五〇歳。彼は年に一度、お正月だけ京都に帰った。だから京都のおじちゃんと一緒に年取りをした記憶はない。

京都のおじちゃんが我が家に住むようになったのは、すでにその時彼の実家、いわゆる「となり」の家には誰も住んでいず、余所に貸していたからだ。すぐ下の弟孝男さんは、兄と同様、猶興館、五高、京大のコースを経て後に大阪の大学教授となった。妹セイさんは医師の陰里寿茂氏と結婚し、生月にいた。末弟常夫さんは、お母さん（私たちはとなりのおばばと呼んでいた）と一緒に佐世保にいた。祖父の念頭にあったのは、もちろん郵便局長のことのみではなかったろう。自分の亡き後、後見人として私を託そうとしたのだ。

算数への興味

京都のおじちゃんは背が高く、体格がよかった。祖父も昔の人にしては高い方だったが、齢のせいもあったろうが痩せていた。私の父はもっと高く、六尺近くあったと言う。私は子供のころから背が低い。小学校でも前から三番目が私の定席だった。私が背が低いのは、母方の祖父に似たのだと皆に言われた。母方の祖父は薬屋で、薬店のおじさまといえば彼のことだったが、ちょんまか（小さい）おじさまとも呼ばれていた。

京都のおじちゃんは、算数がいかに面白いか、繰り返し私に話して聞かせた。特に幾何の問題を解こうとあれこれ考える時ほど面白いことはないと言った。紙一枚、鉛筆一本あれば何にもいらない、ただ没頭しさえすればよい、そうすれば必ず解けると言った。今思えば、紙一枚、鉛筆一本の集中が、彼を、猶興館、五高、京大に押し上げていったのだろう。これなら明治時代の小値賀でもできたことだし、逆に言えばこれしかできなかったろうともいえる。

京都のおじちゃんは碁が強く、夜はよく碁打に出かけた。延命寺の和尚さんたち何人か仲間がいて、遅くまで打っていた。四段だった。当時小値賀で四段が一番上だったのではないか。後年、私も何度か碁に挑戦したことがあるが結局モノにならなかった。

京都のおじちゃんは、酒は下戸だった。彼の父の常吉が早死にしたのは酒のせいで、そのために飲まなくなったと聞いたことがある。祖父は晩年大酒は飲まなかったが、好きで晩酌は欠かさなかった。祖父が飲んでいても、常太郎叔父は杯いっぱい受けるでもなくご飯を食べていた。酒を飲まない代わりに甘いものには目がなかった。小値賀は事ある毎にお団子を作る風習があった。おはぎだとか柴付け団子だとか芋饅頭だとか。団子ができたからおいでっせ、と呼ばれて、彼は知り合いのあちこちの家に招かれて立ち寄っていた。

京都のおじちゃんの趣味は、鰻釣りだった。いわゆるさし鰻である。小値賀には大きな川があるわけはなく、棚田の畦の石垣に短い棹を差し込んで鰻が食いつくのを待った。年に一、二度、ちょうど梅雨の雨上がりのころ、決まった場所を一回りして二、三匹は釣り上げてきた。鰻のぬめりはカボチャの葉でしごいて取った。鰻を開くのも、京都のおじちゃんの役目だが、包丁をすっと引いて、赤い肝を指先で千切り、口へポイと入れるのがいつもの作法だった。とてもうまそうとは思えなかったが、栄養になるんだといって彼は笑っていた。

有線ラジオ局の開設

京都のおじちゃんは、郵便局長を勤める傍ら、有線ラジオの開設に尽力した。開設されたのは私がもう小学生になってからだったと思うが、ＮＨＫを模してＯＨＫと名付けた。小値賀放送局である。祝賀では、全国放送ではなかったかもしれないが、ＮＨＫのアナウンサーも来て、のど自慢が島で催されたように思う。当時は、役場のお知らせとか、船便の時間などを郵便局のおねえさんが放送するほかは、ぜんぶＮＨＫの番組。しかし、美空ひばりの歌や「君の名は」や「笛吹童子」を聴くことができたのは、有線ラジオのおかげだった。大相撲の放送に熱中したのもラジオがあればこそだった。有線ラジオは各家にスピーカーの箱が取り付けられているだけだ。最終放送が何時ごろだったのだろう。夜十時ごろは「お休みなさい」で終わったと思う。ＮＨＫの放送はまだ続いていたはずだが、ニュースの終わりで切ったのだろうか。

後期高齢者

敬老パスをもらう

　後期高齢者になったのを機に、敬老パスをもらうことになった。市役所に申請に出向いたら、窓口のお嬢さんが親切で、「申請書を書いてあげましょうか」ときた。さすがに私も名前ぐらい自分で書けるといって、自分で書いて出した。高齢者は字が書けないからと、指導が徹底しているのかもしれない。そこで承認を得て、書類（だったかカードだったかもう覚えていない。やっぱり後期高齢者だ）をもって駅前のバスセンターに行き、そこで、初めて敬老パスを渡された。よく見ると、一年と期限がつけられていて、そのつど再発行を申請しなければならない。「その時は本人が自分で持参してください」とのお達し。病気で寝込んでいたらどうすると思ったが、寝込んでいたらバスにも乗れないのだから、パスがいるわけはないと納得した。

　その日から敬老パスを使っているが、困ったことには下車するたびに運賃が0《ゼロ》と表示されることだ。そのたびに運転手に深々とお辞儀をしなければならない。これが、三人も四人も続いたらどうだ。深々というだけではすまない。平伏したい気分に襲われる。

祖父のことを考える年齢に

七五歳になって祖父のことを考えるようになった。祖父は私が中学二年生の夏、数え七九歳で亡くなった。

祖父は家庭的には恵まれなかった。最初の妻は長男を残して、明治四三年に死んだ。祖父三二歳の時である。長男は昭和四年、京都遊学中に病死。まだ二〇歳なっていなかった。再婚した二番目の妻に一女、一男が生まれる。その一男が私の父である。その再婚相手も昭和四年に死んだ。子育てのために、三番目の妻を迎えた。

その妻も昭和一六年に死去。私は昭和一七年生まれだから、三人いた私の祖母のだれ一人知らない。

祖父は昭和一八年、六六歳で、息子孝三郎（私の父）に家督を相続した。祖父は養子だった。彼の使命は八代目として家を存続させることだ。息子に家督を譲りさぞほっとしたことだろう。孝三郎は二七歳。そのあとすぐ出征し、昭和二〇年、雲南省で戦死した。祖父六九歳。残されたのは三歳の孫ただ一人。敗戦と家の崩壊、二重の奈落が彼の足元に黒々と口を開けている。六九歳の隠居が痩身に鞭打って、もう一度生きなおさなくてはならない。そうでなくとも、妻三人、息子二人に先立たれている。背骨を砕かれる思いであったろう。

四歳で家督相続

昭和二一年九月、祖父は息子に譲った家督を、孫宗十にそのまま相続させる手続きをしている。昭和二一年まではまだ旧法の時代、旧法による家督相続だ。その時、孫すなわち私は四歳になったばかり。四歳の私は何も知らないうちに家の当主になったのである。余談だが、私の世代で家督相続をしたものはそうざらにいないだろう。父が戦没者という同世代人はたくさんいたし、遺族の立場はよかれあしかれ他と共有することができた。しかし、幼少の当主というのは、私はほかに知らない。この目に見えない絆からの逃亡劇こそ、私の青春のドラマだったといえばいえる。もちろん四歳当時のことは何一つ覚えていない。父の死の報告を受けて母が泣き崩れたのをかすかに覚えている気がするから、三歳の記憶は断片として残っているが、その後しばらく、五、六歳までの間は全く空白といってよい。

祖父のことを私はオジサマと呼んだ。私ばかりでなく母もそういったし、親類のみんなもそう呼んだ。「おじさん」という意味ではもちろんない。一家の当主を敬してそう呼ぶのが小値賀の習わしだったのかもしれない。

オジサマは五分刈りで、頭と同じぐらいのひげを生やしていた。どちらも母がバリカンで刈っていたと思う。長身痩躯、眼鏡の奥の眼は鋭かった。ふだんは和服を着、畑仕事をするときは国民服というのかその古びたのを着て作業していた。座敷は祖父の間で、小さい机に座って書きものをした。その座敷には金庫があり、書類棚があった。オジサマのもう一つの座所は居間の四角い火鉢の前で、そこで食事もしたし、気の張らない客とはそこで応対もした。私たちもその火鉢にテーブルをくっつけて食事を共にした。

周囲は祖父を煙たがっているようだったし、祖父もいったんは隠居した身だったこともあろう、世間への出入りを憚った、あるいは好まなかった節がある。家内を守ることに意識を集中させていたのだろう。

祖父の死

私は祖父に一度だけ強く叱られたことがある。私が一年生の時だったかと思う。手文庫から金を盗んで、漫画本を買いあさったことがばれた。祖父は私の右手の人差し指をしっかりと曲げて、そこにもぐさをおき、灸をすえた。いま改めて見てみればほとんど消えているが、灸の痕はその後ずっと残っていて、それを見るたびに祖父を悲しませた自分を私は恥じた。

私は祖父から父の話を聞いたことがない。死んだ息子のことを思い出すことすらできないほどつらかったのかもしれない。父に会ったことすらない私にとって、父はずっと前に死んだものとしか思えなかったが、祖父にとって息子の死はまだ数年前の生々しい出来事だったのだ。

家の歴史や思い出は、本当は祖母が孫に話して聞かせるものではないだろうか。女は子を産んで家をつなぐと同時に、物語でさらにそれを濃密に彩るものだ。しかし、私にはその祖母がすでにいなかった。家の歴史を作るべきオババは欠如していた。小学校の間、私はずっと祖父に見守られていた。祖父はただ沈黙の中で見守っていた。

私が中学一年生の秋、祖父は病にかかった。佐世保の千住病院で肺結核と診断された。このまま孫と一緒に暮らしていては孫に病気がうつる。私は二年生の春から佐世保の中学校に移ることになる。その夏中体連の練習中、祖父が危篤だという連絡が入った。私は小値賀にわたった。

祖父は座敷に寝ていた。痩せた体を布団に長らえ横向きに寝て私の手首を握り、にっこり笑った。その三日後、縁側がめらめらと燃え上がるほど暑い七月の午後、祖父は息を引き取った。小値賀では火葬は当時まだ露天だった。油をしみこませた材木はあっという間に炎を吹いて棺を覆った。

私は嗚咽し、息を詰まらせながら泣いた。

腹を切る

にわかの腹痛

今年（二〇二一年）の五月一七日、腹を切った。

五月一五日、午前一一時から親類の葬儀に出た。同日午後二時、佐世保文化協会の総会に出席。それまでは何もなかった。

五月一六日、午後一時半からアルカスの理事会があることになっていた。昼食を済ませてしばらくするとお腹が痛くなった。腹痛は近頃あまり覚えがない。変だとは思ったが、しかしすぐ治るだろうと高を括ってアルカスに出かけた。

アルカスに辿り着いたが具合はよくならない。このままでは会議途中の退席となりかねないので、深堀理事長に今日は無理だから帰る旨伝えて、家に帰った。ソファーに腹を抱くように転んでしばらくうとうとした。三時ごろだったか、眠りから覚めてもまだ痛みは引かない。普段の腹痛は一眠りすれば大体治っているものだ。どうやら薬が要るなと思って、原口内科に行った。

私はS状結腸をがんで切っている。一九九三年のことだ。ちょうど逸見アナウンサーががんで亡くなった同じ年だ。それからもう二〇年になる。術後一〇年間は、毎年築地のがんセンターに検査で通った。その後は、担当のお医者さんが転院したこともあり、完治ということでがんセンターに行っていなかった。

二年前、腸の調子がおかしくなった。便の出方が前のがんの時とよく似ている。再発、あるいは新たにがんにかかったかと、私は疑い、覚悟した。

共済病院の検査の結果は意外だった。「がんはないです」と内視鏡をのぞきながら検査の先生は言う。「ああ」、と私はほっとして息を吐いた。「でも」と先生は続ける、「これも難病です」。

潰瘍性大腸炎というのがその病名だった。安倍総理と同じ病気である。それまでまったく知らなかった病名だ。若い人に多い病気だと聞いていて、「自分もまだ若いんだ」と変に納得した。以来原口先生にその治療をお願いしている。

腹痛だとこの日告げると、原口先生は「もしかしたら」と言ってすぐレントゲンを撮った。レントゲンは腹中に松葉を散らしたような黒い惨状を呈していた。「すぐ共済病院に入院です」と先生。私はそんなことになるとは思ってもいなかったので、そのとき携帯すら持っていなかった。「一度家に帰ってはダメですか」「ダメです」

親切な原口病院の看護婦さんが付き添って、私を共済病院までタクシーで連れて行ってくれた。

腸閉塞という診断。担当は外科部長のI先生。すぐ入院ということになった。やがて連絡のついた家内も駆けつける。処置室で鼻から管を通す。これが小腸の患部に達することができれば、切らずにすむかもしれない。管の頭部が横向いたり、曲がったりして、なかなかすんなりと入ってかない。「入った、入った」「いや、入っていないね、曲がっている」「もう少し。もう一回やろう」先生とモニターを注視している技師さんとのやり取りが耳に入る。その間私は激しくむせ、呻きながら、指示に従って腹を上に向けたり、横に向けたり、下に向けたりを繰り返す。

管は十二指腸までしか達せず、そこから未消化物を排出しながら、翌日三時の、手術を待つことになる。

三度目の腹切り

二〇年前のS状結腸の摘出は先に触れたが、その後、今から五~六年前、私はもう一度胆石の手術をしている。そのときの担当医は、「前の傷にぴたりと合わせておいたよ」と笑っていた。確かにその通り。臍の部分だけカーブしてよけながら、上から下まで傷は一直線、最初の時より上に少し伸びただけになっていた。今度で腹切り三度目である。

翌一七日、午後三時からの手術が決まった。前の二度の手術は、準備時間があったから、切る前に腹の中は空っぽにすることができた。今度は閉塞した腸に残留物を残したままの開腹となる。考えただけであまりいい気はしない。

手術室に入る前に、長男、長女、次女と子供たちの顔が枕元にそろった。午前中に関東からきゅうきょ駆けつけたらしい。わたしは二五年前を思い出した。

二五年前の七月、母が手術することになった。大動脈に血栓がつまっている。私はその朝東京から駆けつけ、母が手術室に入る直前にかろうじて間に合った。「足を切断されるかも」と母はそれでも笑いながら手術室に入った。何時間だったたか、母は息を引き取った姿で、手術室から出てきた。

そのとき母はちょうど七〇歳。今の私とまったく同じだ。手術室に運ばれる母の姿に自分を重ね、私は手術室に向かう。今度は帰れないな、私はほとんど確信した。

手術室に入り、手術台に移されたとき、何人かのお医者さんが取り囲んで覗き込んでいるのが目に入った。その瞬間、麻酔が効いて私は意識を失った。

二〇年前のときは、手術は四、五時間かかったはずだが、麻酔から醒めたとき、私は一五分ぐらいしか眠っていないような感じがした。「何だ、やり直しか」とがっかりしたことを覚えている。もう済んだという安堵感は全くなかった。こんどは違っていた。大声で名前を呼ばれたとき、暗闇からぽっと浮かび上がったように目が覚めた。生きているという実感がした。よく夢に親しい死者が現れて、手招きしたり追い返したりすると言うけれども、私の場合誰も現れてはこなかった。手術する寸前まで私は母のことを考えていたのに、眠っている間は全く影すら見えなかった。

手術してみると人間がいかに管でできているかがよく分かる。鼻から腹部に入れた管が出ている。その上に酸素吸入器がかぶさる。両手の静脈からリンゲルと薬が注入される。尿管もつながれている。小手の動脈に打ち込んだ注射針からモニターへつながるコード。何本もの管が手足にまきついていて、まるで小人に縛り上げられたガリバーのようなありさまで私は集中治療室のベッドに横たわっていた。とにもかくにも手術は成功した。その夜は家族一同ほっとしたという。子供たちは一九日、東京方面にそれぞれ帰っていった。

その夜、正確には二〇日午前二時ごろ、私は心不全に見舞われた。息苦しい。寝ていられなくてベッドの背を起こしてもらう。鼻が詰まっているような気がする。酸素吸入器を手で払いのける。それは付けておかないとダメ、と看護婦さんが付け直す。喉の粘膜がくっついて空気が入らないと私は言う。夜中なのに担当の先生が呼ばれる。何人かの看護婦さんたちが慌しく右往左往する。苦しいと私は両手で首を絞める。映画でよく見るように、喉に爪を立てて自分の首を絞める。まるで自分を殺そうとするかのように必死に首を絞める。ふと喉に隙間ができたような感じで、わずかに息が吸い込めた。私はほっと息を一息つく。今思えば滑稽だが、私は本当に自分の首を絞めて生き返ったとそのときは思った。

「死の淵から戻っているのに」

事実は私の想像とはまったく違っていた。投与した水分で体内の血が増血し、もともと弱い心臓が異常に膨れ上がった。胸部いっぱい心臓になったらしい。その心臓に肺が圧迫されて、呼吸困難になったというのが事実だった。心臓も肺もコントロールを失って、それぞれ勝手に動こうとしたのだ。担当の先生はすぐ駆けつけた。鼻からの管がずるずると引き抜かれた。利尿剤が投与され、水分をできるだけ排出して、心臓の縮小が図られる。緊急の手当てが功を奏し、私は呼吸停止に至らずにすんだ。私は疲労困憊し、睡眠薬の助けもあって、その後すぐに眠りこけてしまった。

突然、場面は奇怪な展開を示した。病室がサイケデリックな音響とイルミネーションに彩られる。耳を聾する不協和音の轟き。目眩く光線の明滅。どうやら拷問の場だ。ＣＩＡかなと私は思った。私は危険思想を指摘され、それを激しく糾弾される。質問事項が無数にある。私はその質問に必死に弁明する。何十項目もある一連の質問にようやく答えたかと思うと、いや嘘だ、やり直し、と再び質問が一から繰り返される。無限に続く責め苦。窓際にあるノートパソコンの蓋がわずかに開いている。そこから私への呪詛の言葉がはっきりとのぞいて見える。ヒィーと私は恐怖の叫びを上げ、パソコンを指してあそこから私をねらっていると呻く。これはパソコンです、と看護婦が言う。あんたらは皆ぐるだ。看護婦さん達が、一緒になって、よってたかって私を責め苛もうとしている。この病院そのものが秘密結社の支部に違いない。そのうちまた質問が始まる……。

明け方、私は眠りから醒めた。あの修羅場は消え去り、病室は静かだった。「よく帰ってきたね」と看護婦さんが言った。「三日も前から、死の淵から戻っているのに」と私はいぶかった。そうではなかった。看護婦さんは私が狂気から立ち戻ったことを喜んでくれたのだった。「そのまま帰ってこない人もいるのよ」

先に内臓のコントロールを失った私は、次に脳のコントロールを失ったのだ。精神錯乱に陥ったのである。おそらく私は一晩中、周りに毒づき、わめき、騒ぎ、怒鳴りながら、狂態を演じ続けたに違いない。現代の地獄は私が思っていたものとは違っていた。閻魔様が鎮座していて舌を抜くのとは違う。嘘を責めるのは同じだが、もっと光と音に満ちていて、ハリウッドのSF活劇映画のやり口で私たちを打ち砕くのである。

気付くと早朝から駆けつけていた妻が側にいた。私は今経験したことを興奮しながら彼女に報告した。すぐにまた検査が始まった。レントゲン、心電図、心エコー検査。エコー検査のために検査技師が私に覆いかぶさったとたん、私は彼に抱かれてZコースターに飛び乗った。Zコースターはフルスピードで熱海まで突っ走り、熱海のモア美術館のエスカレーターを瞬時に駆け上り、そこから急降下して、博多の九大病院に走りこみ、そこでいくつかの検査を受けた。一瞬のようでもあり、えんえんと時間がかかったようでもあったが、ともかく私はめまぐるしく日本を半周はした。私は今九大に行って来たと、妻に告げた。

麻酔の影響？と妻は言った。実際のところ私は自分のベッドに寝たまま、検査の先生が何人か入れ替わり立ち代り検査を済ませたに過ぎなかった。

「生老病死」の四苦

その日を境に、私の病状はようやく回復に向かった。見る見るよくなるという訳にはいかなかったが、心臓が止まることも、呼吸困難になることもなかった。精神が錯乱してあの無限苦痛に落ち込むこともうなかった。

入院の前日、親戚の葬儀で導師が言った言葉が思い出された。人間は生老病死の四苦を免れない、と導師は言った。生まれるとき苦しむのは母親ばかりではない。赤ん坊も、死の苦しみを経ながら生まれてくる。産声を聴いてまわりの私たちは狂喜するが、赤ん坊は最前の苦痛を訴えているのだ。幸い、人は「生」の苦痛をその後まったく記憶しない。

老病死は、踵を接して襲ってくる。そして、厄介なことに、そのどれをも難事である。三段跳びのように、ほいほいと跳んで、はいゴールとは参らない。

病気になってみれば、人間いつどうなるのか分からないとつくづく思う。しかし一方で、死ぬことは簡単ではないということを、今度の経験で実感した。厄介なことだが、人生を楽しんだ分、相応に苦痛を支払わなければ、三途の川は渡れない。

授業風景（一）

「イノQ」先生の講義

私の学生時代、東大仏文の主任教授は井上究一郎先生だった。先生はフランスの作家マルセル・プルーストの研究家で、後年二〇世紀小説の最高峰『失われた時を求めて』（全七篇一六巻）の個人訳を完成されることになるが、当時私たちへの授業ではフランス象徴派の詩人の講読を主とされた。ジュール・ラフォルグなど読まされた記憶がある。中でもランボーについては相当の時間と力を入れて講義された。

ランボーの詩には性的暗喩が無数にある。井上先生（私たちは陰で「イノQ」と呼んでいた）はその解読を女子学生に求めた。今の女子学生だったら何のてらいもなく堂々と的を外さず見解を述べるに違いないが、五〇前の当時女子東大生はまだおしとやかで（振りをしていただけかもしれないが）、先生の追及にまごついたり、顔を赤らめたりした。「それは結局どういうことですか?」と先生は嵩にかかって攻めたてる。私たち男子学生はこの成り行きをひそかに楽しんだ。

井上先生の講義は微に入り細を極めたが、その先生が授業時間を丸々つぶして話をしたことが二度ある。二度といったのは私の記憶上のことで、二度しかなかったかどうかは、たまにしか授業に出なかったサボリ学生の私には保証の限りではない。私が記憶している話は二つで、一つは大佛次郎邸訪問の話、もう一つはガリマール書店の話である。

大佛次郎邸訪問の話は概略はこうだ。

大佛次郎邸訪問談

ある日鎌倉の大佛次郎邸を井上先生が訪れた。たまたま上方舞の日本舞踊家・武原はんがその場に来合わせていた。日本を代表する踊りの師匠がまるでお手伝いさんのようにかいがいしく立ち働いていた。大佛邸のトイレは便器の下を清流が流れていてとてもすがすがしかった。猫を二〇〇匹飼っていて、その猫たちの住まいのためのアパートがあった。その頃、よい硯が手に入ったという。硯の鑑賞は水に沈めて見るのが正式のやり方で、そのための盥を京都の有名なたる源に注文したのが届いたから、一緒に見ようということになり、盥に水を張り、くだんの硯を沈めて拝見した。話はざっとそんなところである。

学生時代の私は感心して話を聞いていたが、腑に落ちないところが数々あった。まず、なぜ井上先生が大佛邸を訪問したのか？『鞍馬天狗』の作家と仏文の井上教授とが私の中でうまく結びつかなかった。あとから思えば、『パリ燃ゆ』を見るまでもなく、戦前にも『ドレフュス事件』『ブウランジェ将軍の悲劇』などの作品がある通り、大佛次郎はフランス文学の草分けの一人だったのである。

草分けというよりフランス文学界の大御所的存在だったのだ。井上先生は東大教授に就任する四、五年前に一年間フランスに留学しているから、その帰朝報告かなにかで、大佛次郎を訪ねたに違いない。

武原はんについてもイメージが湧かなかった。普通の学生には舞踊の世界は程遠い。後年NHKの古典芸能番組で武原はんの踊りを見る機会があり、そのたびに、大佛邸でいそいそと立ち働いていたという話を思い出しておかしかった。大佛次郎は『楊貴妃』や『若き日の信長』など戯曲も数多く書いており、そのため名優たちとの交流も深かった。そういうことから舞踊家たちも出入りしていたのだろう。また大佛次郎の奥さんは吾妻光という女優だった。二人の結婚は大佛次郎がまだ大学生の時だった。だとすれば芸能人が出入りしやすい雰囲気はあったに違いない。しかし、女優と学生結婚するとは、大佛さんもやるもんだね。

トイレの話は印象深かった。五〇年前、東京にもまだ水洗便所は一般化していなかった。便器の下をさらさらと（流れる音が聞こえそうな気がする！）水が流れるなんて、いかにも風流ではないか。流れる先でどのように汚水処理をする仕掛けになっていたか、そこまでは井上先生も話してくれなかった。

猫のアパート

猫のアパートというのも想像を絶している。木造なのかコンクリートなのか、猫室が二〇〇もあるのか、一〇匹ずつ分室に入れてあるのか。話を聞いた時には、二〇〇の窓から猫が一匹ずつこちらをじっと眺めている風景が脳裏に浮かんだが、これはいささか怪談じみている。大佛氏の猫好きは本当で、フランスには猫家という家系があって、その代々の墓に参ったことを記している。

硯は水に沈めて見るものだとは、井上先生の話で初めて知った。しかし、水に沈めて見るような逸品の硯は私には無縁で、あくまでも聞いた話にとどまっている。たる源の風呂は素晴らしいそうだが、目玉が飛び出すように高いだろうから、私はシステムバスで我慢している。

授業風景（二）

アルベール・カミュの部屋

私が記憶している井上究一郎先生の第二の話というのは、ガリマール書店の話である。井上先生は『ガリマールの家』というエッセイを出されている。まずその引用から始めよう。

私は約一年のあいだガリマールの「家」に住んだ。

ここで「家」を括弧つきにしたのも、まえに述べたように、それが、東京ではもちろん、ロンドンの家でさえなかったからだ。つまり館であり、社屋であり、会社であり、何組もの一族の住まいであり、結局それらを一つにしたものであった。そのように、全館、全階を一族の会社と一族の住まいとにあてた、個人所有の大きな建物を、オテル・パルティキュリエというのである。一般にパリでは、だれも街のどまんなかに個人的に独立家屋を構えて住んでなどいないのが普通である。どんな貴族でも大ブルジョワでも、パリの住まいはすべてアパルトマンであり、そこが自宅または借家であって、だから「私の家」などとは言わずに「私のところ」というのである。

（『ガリマールの家』）

先生が「この家」に滞在したのは昭和三二年（一九五七）九月から一年間。ちなみにガリマールはフランスを代表する出版社で、アラン、ジード、クローデル、ヴァレリー、プルーストなど二〇世紀フランス文学を代表する大作家を擁し、『新フランス評論誌』（ＮＦＲ）で終始論壇をリードしたことで知られる。

先生は、アルベール・カミュが昔使っていたその館の部屋が空いていたのをあてがわれ、そこを住いとした。奇しくもその年、カミュはノーベル賞を受賞している。

日本の出版社でも、昔は別荘や別館を作家に提供して、執筆に専念してもらうというようなことはあったが、本社に社長が居住するなどということは聞いたことがない。自社ビルはあくまでも仕事場だ。それでも旧講談社本社の地下には、社員食堂や売店（これはどの社にもあっただろうが）ばかりでなく、靴屋と床屋とが売り場を開いていた。もちろん利用者は社員に限られていたけれども。

日本では、作家に提供する部屋も、別荘や別館の利用はだんだん減って、代わりにホテルの使用が多くなっていった。売れっ子の作家になるにしたがって、ホテルのグレードが上がり、代金がかさんでゆく。各社競争で作家を取り合うのに合わせて、作家の欲求も要望も高まってゆくのが理の当然の経済原則なのだから仕方がない。

先生が授業で話されたのは、部屋の先住者カミュのことではなく、サルトルについてだったと記憶する。先生のパリ在住のころはアルジェリア戦争のさなかで、哲学者サルトルはアルジェリアの独立を主張して過激な言動を繰り返し、右派のテロの標的として常に危機にさらされていた。そのサルトルを、絶体絶命の窮地から、あらゆるコネクションと手段を使って救いだしたのが、ガリマールの当主ガストン・ガリマールだった、そういう話だった。

作家に作品を書かせて金儲けをするばかりでなく、大出版社主であり大ブルジョアでありながら、隠然たる政治力を使って、現実に果敢にコミットするその人を垣間見る思いで、まだ学生に過ぎなかった私はとても興味を持った。

サルトルの流行

私たちの若かりし頃はサルトルの時代だった。仏文の学生のくせに私はサルトルに深入りしなかったが、実存主義は当時の呪文のようなものだった。

フランスは変な国だ。完全なブルジョア社会で、政治・経済・学術・芸術はブルジョアが支配している。三色旗は自由・平等・博愛を謳ってはためいているが、ブルジョアと民衆の格差は歴然として大きい。革命で国王をギロチンにかけたにもかかわらず、貴族はのうのうと（あるいは細々とかもしれないけれども）今でも代を重ねている。

国を牛耳っているのがブルジョアなら、文学を牛耳っているのも当然ブルジョアである。

一八五七年はフランス文学にとってメルクマールとなる年だ。それというもの、フロベールが『ボヴァリー夫人』で、ボードレールが『悪の華』で、筆禍事件を起こしたのがこの年だからだ。近代文学への転換の道標といってもよい。フロベールもボードレールもブルジョアの出身である。おもしろいのは、その二人が同時期に、徹底してブルジョア社会を批判していることだ。彼らは、まるで呪詛を込めた毒矢を射るように、当時の社会の欺瞞をそれぞれの作品にあぶりだしている。さらに面白いのは、フランスのブルジョアは、このような身内の批判を、獅子身中の虫として抹殺するのではなくて、逆に高い評価を与え、自分たちの文学として顕彰しさえするのだ。ブルジョア社会の厚み、奥深さが見て取れるように思われる。サルトルを窮地から救ったガストン・ガリマールだってそうだ。サルトルが過激派であっても、それを救うのに躊躇はしない。むろんブルジョア社会を断罪してやまないサルトル自身、まごうかたなくブルジョアだった。

一九六六年、サルトルは生涯の伴侶ボーヴォアールを伴って来日した。人文書院からの全集の翻訳書が売れに売れて、その印税を使うために日本に来たのだと噂されたりした。私は行かなかったが、その講演会場は山のような聴衆でうずまったという。当時、自称サルトリアンは日本に山ほどいたが、サルトルと対等に対談できたのは加藤周一さんだけだった。フランス語がわかる人はたくさんいたし、哲学の専門家にも事欠かなかったが、フランス語がわかって、哲学がわかって、なおかつ現代のヨーロッパの情勢に精通していたのは加藤さんだけだったのだろう。

後年私は『人類の知的遺産』（講談社　全八〇巻）という思想全集の編集に携わった。その『サルトル』の巻の執筆を加藤周一さんに依頼した。当時加藤さんはイタリアの大学で教えていた。やがて締め切りの時期が来て、執筆をどんなに急がしても、相手がイタリアだから糸の切れた凧と同じ、はかどるはずがない。二年のはずが五年に伸び、しかも最後の原稿三〇枚（四〇〇字）は電話で草稿してもらう羽目になった。夜一〇時から朝の六時まで八時間、印刷所の営業マンを待たせながら、私は受話器の向こうで読み上げられる原稿を一字一句漏らさぬように書き連ねていったのである。

ギリ研のこと（一）

クラブ入会

ギリ研、正確には東京大学ギリシャ悲劇研究会。昭和三七年（一九六二）一浪して東大に入った私は、すぐにこのクラブに入った。

当時ギリシャ悲劇について何か知識があったわけではない。立看が魅力的だったかどうかも記憶にない。なんとなく、しかし迷いなく、私は入会を申し込んだ。

もしそれが東京の高校生だったら、しかも彼が少しでも芝居に関心がある学生だったら、東大ギリ研のことは知っていてもおかしくはなかったろう。昭和三〇年から始まったこの演劇活動は、知る人ぞ知る、一部のジャーナリズムの評判にはなっていたはずだから。しかし私は佐世保からぽっと出の田舎高校生だったし、芝居にも関心はなかった。ついふらふらと引き寄せられたというしかない。

入会すると、研究会が毎週水曜日の夕方開かれており、その会場へ出席するように言われた。場所は駒場の大学の裏手のならびで、校内といってもよいほどごくごく近所にあった。

この会場は、当時有名な東大教養学部の西洋史の吉岡力教授のご自宅で、先生の書斎を週に一回自由に使わせてもらっていたのである。「有名な」というのは、彼が世界史についての大学受験参考書を書いていて、わたしたち高校生はその参考書の世話になっていたからにほかならない。

書斎は二〇畳もあったろうか、四方の窓以外は書架で、内外の専門書で埋め尽くされていた。部屋の真ん中に大きな円テーブルがあり、一〇人以上が座を占めて会議ができるようになっていた。この屋の主は、週一回、自分の書斎をギリ研の部員に提供していたのだ。もちろん、厚意から。

定刻になると、私は新人として出席者に紹介され、打ち合わせが始まった。最初の例会で全部呑み込めたわけではなかったが、ギリ研の概要はおいおい分かってきた。

一年に一回、ギリシャ悲劇を公演する。時は六月の末の日曜日夕刻、場所は日比谷公園野外音楽堂。一年前に翌年公演する外題は決め、準備に入る。

公演はすべて手作り。本来ならば、台本もギリシャ語から翻訳する（これはそう簡単には行かない。呉茂一先生訳に沿いながら台本を作る場合が多かった）。

衣装や大道具、小道具は手づくり

ギリシャ悲劇は仮面劇である。日本の能と違って特別の表情をした決まった面があるわけではない。その芝居の登場人物の性格に応じて、それらしい仮面を作った。仮面はボンドで布を張り合わせて固め、彩色する。ギリシャ彫刻や絵画を参考にしてみたり、その年によって抽象的であったり、具象的であったりした。仮面の担当は主に、美学や美術史を専攻する部員が担当した。私が入った年は三年生の美学の田村徹夫さんがキャップだった。

衣装の担当は、女子大生の役割だった。当時女子東大生は多くなかったこともあって、外部からの応援が主力だった。中心となって仕切っていたのが早稲田の高橋迪子さんで、公演が近づく春先となると、柿の木坂の自宅に、多摩美大の学生たち多くの部員とともにこもりっきりで、衣装制作に取り組んだ。

ギリシャ悲劇は主役級の登場人物は決して多くはないが（大体三〜四人）、そうした役者を取り巻くコロス（コーラス）が一〇人以上登場する。だから勢い衣装も、担当な数になるのだ。

コロスというのは、二重の役割を担っている。半分は登場人物で、主人公の部下の兵士だったり、侍女だったりする。彼らは、劇の進行につれて、中心人物のおかれた状況や苦悩に相応して、一喜一憂、恐れや疑惑や悲しみを表現する。

あと半分の役割は、観客の役割で、部隊の中心で何が起こっているかを、本物の観客に伝える役割をあわせもっている。

そして、その表現は科白ではなく、歌と踊りによって様式化されている。主役たちの行動が、コロスたちの反応を通して、客席に鮮明に届く仕掛けになっているのだ。

このコロスたちに動員されるのが新人たち。四月に入部して、六月には公演だから、その間に仮面をつけ、衣装を着け、芝居ができるように稽古しなければならない。

そういうわけで、新人部員には、全部の進行が見えることはまずない。今まで触れた部署以外にも、大道具、小道具の制作がある。大道具となるとこれはもう大工仕事と変わらない。小道具は弓や、刀や、つえや、鎧など、役者の持ち物を製作する。

そのほか大事なのが、いわゆる制作。全体の進行から切符の手配、金の出し入れをふくめて、いわゆる勧進元を務めなければならない。勧進元の仕事たるや、スケジュールに追われて、とても芝居をやっている雰囲気などみじんもない。

日比谷公園野外音楽堂での本番

私が入った年は、ソポクレスの『ピロクテーテス』が上演された。ピロクテーテスはトロヤ戦争の勝利のカギを握るギリシャ軍の将軍。彼は毒蛇にかまれた足首が悪臭を放つので、島に置き去りにされている。その彼をいかに戦場に引き出すかというのが、この悲劇のテーマである。

六月の末は梅雨の真っ盛り。しかしたまたま晴れれば、日比谷公園の緑は一年を通して、最も美しく輝く時期でもある。入会してから二カ月、仮面づくりや、小道具制作、大道具制作の手伝いをし、舞台稽古に至って初めて『ピロクテーテス』全体像を目の当たりにするといった、ちぐはぐな進行だったけれども、芝居に参加する興奮は味わうことができた。

その夜は星空も見える梅雨の晴れ間だった。私は照明を担当して、主人公たちにライトを浴びせた。

観客は野外音楽堂をいっぱいに埋めた。公演は成功。役者もスタッフも一緒に、四〇人はいただろう、日比谷から西新橋まで直線を歩く。みな興奮していて、誰彼の口をついて歌が飛び出す。

私たちは新橋のビヤホールになだれ込んだ。乾杯の音頭で、一気飲みが始まる。主役を張る役者たちは大学八年生、最長老は一〇年生もいる。私たちとは比べ物にならないおじさんたちだ。しかし私だって、酒は高校時代からひそかに修行していた。ジョッキを明けるのにひけはとらない。みるみる大ジョッキ八杯を空にし、その場に倒れるように座り込んで、あとは全く記憶にない。

ギリ研一年目の夏の宵のことだ。

ギリ研のこと（二）

『トロイアの女』

学士会報を見ていたら、今年（二〇二〇）の三月一二日、九大で久保正彰さんの「シーボルトの藤の木――長崎からの『洋学事始』――」という講演があると予告されていた。肩書きを見ると東京大学名誉教授、前日本学士院長、学士会理事長とある。恐れ多いほど偉くなられたが、ギリシア悲劇研究会員のわたしたちにとって「久保正彰さん」という名はとても懐かしい。

久保さんは私が大学二年生の時（昭和三八年）、ギリ研二年目の春、颯爽と私たちの前に立ち現れた。ハーバード大学帰りの新進気鋭の学者として。

そしてその年の公演演目エウリピデスの『トロイアの女』の演出を手掛けることになった。久保さんは小柄で華奢な体つきだが、声が朗々とよく通り、若さと元気にあふれた魅力的な演出家だった。久保さんの専門は古典ギリシア・ラテン文学。ギリシア悲劇の演出家としてこれ以上の人はいない。

『トロイアの女』という芝居は、ギリシアの軍門に下ったトロイの王妃へカベーとその一族の女たち、すなわち娘カッサンドラや王子へクトールの妻アンドロマケなど、すべての王族の女性がギリシア側の大将たちの奴隷となるという悲劇を描いたもの。劇の主役はヘカベー、およそ二時間のほとんどを一人で語り、一人で嘆き、一人で怒るという大役である。

この大役に挑んだのが林洋子さん。林洋子さんは当時新劇の女優。テレビ番組「アイラブルーシー」で、ルーシーの相方の太っちょおばさんの吹き替え声優が彼女だった。後年は「宮沢賢治一人語り」で、全国を公演して回り、よく知られている。カッサンドラ役はこれも俳優の大方斐紗子さん。林さんの誘いに応じて出演したものと思われる。

昔のギリ研の名簿から推測すると、ギリ研は昭和三二年（一九五七）に立ちあがっている。創立メンバーは久保正彰、細井雄介（聖心女子大名誉教授）、細井敦子（西洋古典文学者、細井さんの奥さん）、加村赳雄（俳優）、古山桂治（俳優）、西井一志、毛利三弥（成城大学名誉教授）、中島貞夫（映画監督）、「北の国から」の倉本聰、テレビマンユニオンの材木良彦など。

西井さんは前年の『ピロクテーテス』で主役のピロクテーテスをつとめた。私の入学した年は東大八年生といっていたが、あのころはもう大学には行っていなかったろう。この創立者たちはみな私より一回りは上の年齢で、久保さんのような助教授もいれば、西井さんのような学生もいたが、みな同年輩の友人たちで、お互い敬称なしで呼び合っていた。

西井さんは、その後演劇活動をするかたわら、歌舞伎座の天津甘栗の店主となり、歌舞伎座が改築されるまで四十数年その仕事を続けて名物男となった。旧歌舞伎座の取り壊しに準じて店は閉店したが、その閉店が新聞で報じられるほど有名だった。私は大腸がんを築地のがんセンターで手術したので、毎年検査でがんセンターへの行き帰り、歌舞伎座の焼き栗屋によっては西井さんと立ち話した。彼はいくつになってもどうどうたる体躯を有する美男で、昔の面影を失わなかった。

創立メンバーのうち細井さんは学者肌の理論家。長身でパイプを離さず、研究会のリーダーだった。加村さん、古山さんは二人とも俳優で、中島貞夫監督の映画に出たりしていた。加村さんはテレビの時代劇で敵役をやっているのを何度か見たが、若くして亡くなった。シャンソンが十八番で、芝居の打ち上げの宴会ではいつも身振りを交えてシャンソンを歌い、わたしたちの喝采を浴びた。そういえば彼は仏文の先輩だったはずだ。

中島貞夫、倉本聡、材木良彦の各氏は私は知らない。すでに映画会社やテレビ会社に就職して、忙しかったのだろう。研究会にも、公演にも顔を見せなかった。

ギリ研は青春の祭だった

わたしたち昭和三七年入学組も会員は多かった。峰尾雅彦、佐藤央、沼田哲、中川芳郎、徳永弘道、本間武俊、森住一彦など全員フランス語を第一外国語とする文三のクラス仲間である。わたしと峰尾と中川は仏文に行き、佐藤は美学、徳永は美術史、本間は英文、森住は心理学と進路はさまざまだったが、卒業してからもみんな仲良く付き合った。

徳永君は『芸術新潮』に記事を書いたり、新潮社の美術辞典を担当したりしていたが、若くして胃がんで死んだ。佐々木君は青森出身で色が白い秀才で、丹下健三の弟子として将来を嘱望されていたが、彼もあっという間に亡くなった。本間君は金沢大学教授をつとめあげた。中川君は医学書店を定年になった後、北一輝の研究に向かい、今年二千枚の原稿を上梓したと年賀にあった。

峰尾君は、わたしが大学を一年留年すると言ったら、じゃあ付き合おうと一緒に留年した仲である。峰尾・佐藤両君は今も私の親友。上京した時には必ず会う。学生時代わたしたちはともかく酒をよく飲んだ。徳永君（「トクさん」とわたしたちは呼んだ）は一番強かった。夜中まで飲んで、峰尾君が眠った後もトクさんとわたしは飲み続けた。朝方私がくたばると代わりに峰尾君が起きだす。トクさんは一休みした峰尾君を相手にまだ飲み続けた。

同輩の私たちはみなギリ研同志という意識はあるけれども、しかし先輩たちと違って、わたしたちの仕事はギリシア研究にも芝居にも関係がない。今思えば、ギリ研は私たちの青春の祭だったのだ。さて、『トロイアの女』の打ち上げ後、わたしたちは新橋のビヤホールにおける恒例のビール一気飲みを堪能し、その深夜、酔いにまかせて林洋子さんを先頭に大挙して彼女の自宅まで押し掛けた。林さん宅にはご主人の林光さんがいた。林光と林洋子が夫婦だとはその時までわたしは知らなかった。

酔っぱらいの乱入に素面の作曲家は手慣れたようすだった。彼はすぐにわたしたちの輪の中に溶け込んだ。一方では麻雀が始まる。片方では酒宴が始まる。嬌声が響く。光さんは長い髪をかきあげながら低い声で芸術論を語りだす。わたしは酔眼を見開きながら、若い芸術家たちの生態を眺めていた。

あれから四十数年、往時茫々、先輩たちもわたしたちも、みな老いを迎えている。

フランス文学（一）

三島由紀夫と太宰治に熱中

「フランス文学専攻」というと「ああ、エロ文学ね」と昔の人はたいてい応じた。そして私の顔をにんまり見つめる。まるで顔に「エロ」とでも書いているかのように。

フランス文学＝エロ文学という風評は根強くあった。犯人はほぼわかっていて、島崎藤村、田山花袋、永井荷風、その上に坪内逍遥が座しているという図が見えてくる。

私が仏文を専攻したのは、藤村とも花袋とも関係ない。しいて言えば、三島由紀夫、太宰治に影響されたかも。

もともと私は文科系の子供ではなかった。高校二年生までは、自分では数学を最も得意と思い込んでいた学生だった。ところが高校三年のころから数学がわからなくなった。できれば数学者になりたいと思っていたくらいだったから、これは人生初めての危機だった。私の落胆は大きく、お先真っ暗という絶望感のとりこになった。

それでも大学は意地を張って東大理科Ⅰを受験、予想通り見事に落ちて、東京で浪人生活を送ることになった。当時の予備校は、午前か午後、一日三時間も行けばそれで終わった。後はすることがない。そこでそれまで見向きもしなかった小説を読み始めたのである。

文学の知識は全くなかったから、手当たり次第に読んだ。文庫本を一日一冊の割で読んだだろう。海底に引きずり込まれるように、これまで知らなかった別世界にわたしは没頭した。

わたしはまず三島由紀夫と太宰治に熱中した。この二人は、すべてにおいて両極端を示していた。三島は都会人だった。太宰は田舎者だった。三島は折り目正しかった。太宰はすべてにだらしなかった。

三島は文学を高みへ高みへと押し上げようとした。逆に太宰は文学を地の底へ引きずり込もうともくろんだ。三島の磨き抜かれた言葉に、わたしの心は天を舞った。太宰の捨て鉢の饒舌に、わたしの肉は転落の快感に酔いしれた。

毒をもって毒を制する

学生時代の三島が、二、三人の友人と連れ立って作家太宰治に会いにいった話がある。若い三島は太宰に面と向かいながらきっぱりと言った。

「私はあなたの文学が嫌いです」

不意を突かれた太宰は、友人たちを見まわしながら、「でもこうして会いに来たんだから、本当は好きなんだよな」と言った。

これが二人の最初で最後の対面である。三島は作家になるときに、太宰のようにだけはなるまいと決意したに違いない。太宰の道を歩めば、自分が形もなく崩れてしまうという恐怖があったかもしれない。ともかく正反対の道を懸命に歩いた三島は、その道が直線ではなく、円環であることを知らなければならなかった。そう、最後に自刃するときに。

今思えば、太宰と三島を同時に読んだのは私には幸運だった。どちらかに心酔した後は、他方を好きになることはなかったろう。毒をもって毒を制する。三島の毒を太宰で制し、太宰の毒を三島で制する。おかげでバランスをとることができたと思う。

三島由紀夫はフランスの作家レイモン・ラディゲが好きだった。エッセイでよくそのことを書いていた。またラシーヌを推奨していた。三島はロマン主義よりむしろ古典主義を買っていたのだ。

太宰は東大仏文の中退だった。卒業したいと思っていたはずだが、仏文創始者の辰野隆教授にはねられた。辰野教授は勉強しない学生は大嫌いだった。作家になった太宰は芥川賞が欲しくて選者の小林秀雄に嘆願状（脅迫状とも読める）を出したが、これまたはねられた。太宰にとって東大仏文は不倶戴天の敵だったに違いない。

太宰はどこかでモーパッサンをほめあげている。モーパッサンに比べたらフロベールなんて下手だと言っていた。ついでに言ってしまえば、今は、フロベールは大作家としてあがめられているけれども、モーパッサンは、文学史の中で一行ぐらいは触れられているかもしれないが、読む人は全くいないだろう。

わたしが仏文を専攻しようと思ったとき、そんな太宰と仏文の関係を知っていたわけでは全くない。ただ、三島のラディゲと太宰のモーパッサンを頼りに、文学部行きを心に決めた。

わたしにとって幸いなことには、父は戦死してこの世にはいず、中学まで私を育てた祖父もすでに亡くなっていた。祖父は戦前小値賀の郵便局長を務めたが、性まことに厳格で、当時まだ中学生の私がいずれ東大法学部を出て、大蔵省に勤めることを夢見ていた。もし祖父が生きていたら、さすがのわたしも文学部に行くとは言い出せなかったに違いない。そう、わたしはその時、自分で自由に進路を決めることができたのである。

山田爵先生

現役で理Ⅰを受けて失敗した私は、一浪で何のためらいもなく文Ⅲを受け、今度は入学を許してもらった。そして第一外国語にフランス語を選んだのである。

昭和三七年、あのころ東大女子学生は少なかったが、さすがに文学部、一クラス四〇人ほどの中に、女子が一〇人ぐらいはいたと思う。クラス担任もちゃんといて、それが山田爵《じゃっく》教授。べらんめえの快活な先生だった。先生の母上が作家の森茉莉、父上が仏文学者の山田珠樹。森茉莉はいわずと知れた森鷗外の愛娘。れっきとした日本を代表する文学一家である。

山田先生は全く威張らない先生だった。酒が強く、一番安いウィスキーをがぶがぶ飲んだ。学期末試験のとき先生は私の答案用紙を覗き込んで思わず声を上げた。「君、できてないねえ!」そして私の隣を見て、「これはできてる。君(とわたしに)、見せてもらいなさい」。教授の命令である、隣席の女子学生はしぶしぶ私にその答案を差し出した。もしそれが辰野隆先生だったら、わたしはすぐ退学になっただろう。幸い辰野先生はもうずっと前に退官されていた。もし現在だったら、カンニングとして教授会で問題になっただろう。いやその前に、隣の女子学生が答案を見せるはずがない。

それはのびやかな世界だった。勉強しない学生に鞭を入れたとて何になろう。いずれその報いは本人が受ける。その先の人生は本人次第だ。そう、山田先生は達観していたのだろう。

しかし懲りない私は、このできる女学生に、「この次は鉛筆も削ってきてね」と頼む始末だった。

フランス文学（二）

実存主義の時代

「今日ママンが死んだ」と長谷川君が言い、「今日ママンが死んだ」と私が答え、私たちはお互いに微笑んで、あいさつはそれだけ、あとはだまってギリシャ悲劇の仮面の制作に没頭した。ギリシャ悲劇研究会のせまい部室。私の駒場の日常生活はこんなものだった。

「今日ママンが死んだ」はカミュ『異邦人』の冒頭の一句。センチメンタルと、この世の道義とに一切無関係な、主人公ムルソーの乾いた生き方。それが当時の私たちの理想だった。「今日ママンが死んだ」はそのひそかな合言葉だ。

戦後のフランス文学は、サルトル、カミュらの実存主義文学から始まった。それらはあっという間に日本で話題となり、社会的現象となった。大江健三郎の初期の作品には明らかにサルトルの影響が見て取れる。

わたしたちの六〇年代は、フランス本国ではヌーボーロマン（アンチロマン）の時代に入っていたはずだが、わが国ではまだ実存主義の時代だった。わたしたちには、カミュの「今日ママンが死んだ」の世界はまだ新鮮な魅力を持っていた。

当時は今では考えられないほど、フランス文化が若者に強い影響を与えていた。音楽ではシャンソン、映画ではヌーベル・バーグなど、若者はその魅力に浸っていたのである。

わたしの知り合いの女性は、アラン・レネの『去年マリエンバートで』を七回見て、そのたびに失神したといった。わたしは七回には及ばなかったが、三〜四回映画館に通い、そのつど映像の迷路に迷い込むようなめまいに襲われた。

詩人ジャン・コクトーの映画『オルフェの遺言』もわたしたちを虜にした。この映画は一九六二年封切りで、これを記念してか、西洋美術館でコクトー展が開かれ、それを機にわが国でコクトーブームが起こった。ジャン・マレー主演のこの映画にはコクトーその人も出演しており、物語の展開は一切なく映像で構成されたポエムで、私たちの度胆を抜いた。わたしたちは、コクトーをまねてオルフェの横顔を描いたり、その詩的世界に陶然となったりした。

寺田透という文人

そのような駒場時代、ほとんど授業に出なかった私が、山田爵先生以外に駒場で記憶している先生が一人いる。寺田透さんだ。寺田透という名前は、著書で大学に入る前から知っていた。名前が滑らかで、透きとおっていて私には輝くスターのように思われた。まだ見る前からあこがれの人だったのだ。

文章がまた素晴らしい。思念がゆるやかな起伏を織りなしながら広がってゆく。難解な文章だが、ゆるやかに流れる大河の趣がとても新鮮だった。見開きに句読点が二つか三つしかないのがすぐに目につく特徴。これが滑らかな流れを作り上げている。

句読点の少ない、あるいはほとんどないこの文章を、もう少しつぶやき風に変えれば、蓮實重彦さんの文章になる。つまり独白がしだいにこちらの脳髄をひたひたと浸し、やがてその流れが焦点をを結んで、くっきりしたイメージを構成してゆくといった文章。

さて、蓮實さんは一九九七年から二〇〇一年まで、東大総長を務めた。なんと今年（八十歳だ）、『伯爵夫人』を発表して、「三島由紀夫賞」を受賞した。愉快なのは、「三島由紀夫賞」に選ばれて、蓮實さんが「オレを選ぶとは何事か」と言って怒ったという。ありそうなことだ。

蓮實さんは一九三六年生まれ、大江健三郎は一九三五年生まれ。完全に同世代で、同じ東大仏文出身である。今後東大仏文が存続するかどうか私の知ったことではないが、もし存続するとすれば、そこからノーベル文学賞作家が二度と出ないとは断言できない。何しろ文学部だから、そこから将来大作家が出てもおかしくはない。しかし、東大総長はもう出ないだろう。それほど東大仏文と東大総長とは、わたしたちにとってはミスマッチな取り合わせだ。

閑話休題。寺田透先生に戻ろう。その当時、寺田教授は駒場で授業を行っていた。わたしはこの憧れの先生の授業に、胸弾ませて出席した。（わたしが、胸弾ませて出席したのは後にも先にもこのときだけであった）

しかし、初めての授業でわたしの受けたショックは大きかった。先生の風貌は、あのつややかな名前とは大違いで、顔は黒ずみ、しかもしわだらけだった。細い喉に包帯を巻きつけていたのは、風邪でも引いていたのだろうか。声は細々と小さく、何を言っているのかほとんど聞こえなかった。映画スターじゃあるまいし、学者・詩人を風貌で好き嫌いになるなどということはあってはならない偏見だが、この時ばかりは百年の恋もいっぺんで冷めた思いがし、いらい私は二度と寺田先生の授業には出なかった。

ほとんど忘れていた寺田教授の名前をわたしが思い出したのは、ひょんなことからである。長谷川三千子という学者の経歴を「ウィキペディア」で見ていたら、経歴に「東京大学で教えを受けた寺田透について『師ともライヴァルとも仰いでいる』としている」とある。一回の授業で尻尾を巻いて逃げ出したわたしと、生涯「師と仰ぐ」という彼女との違いに思わず笑ってしまったのだ。

長谷川三千子とは何者ぞ。祖父は野上豊一郎、祖母は作家の野上弥生子。父は東大教授野上耀三（物理学者）、母は英語学者市川三喜の娘で英語教育者の野上三枝子、叔父に元京都大学教授の野上素一（イタリア文学）、同じく元東京大学教授の野上茂一郎（物理学者）。全員が人名事典に掲載されている錚々たる人物ばかり。日本の学術文化の支柱となった家系と言わなければならない。

長谷川三千子は東大文学部哲学科を卒業して、埼玉大学教授を長く務め、埼玉大学の名誉教授となっている。日本語で哲学をするというその志はよし、学問において才女ぶりをいかんなく発揮して、その意味で血統を決して裏切ってはいない。

二〇一三年、彼女はＮＨＫの経営委員に就任して、さまざまな物議をかもした。彼女の父耀三氏は世田谷九条の会の呼びかけ人だという。つまり憲法九条を守ろうという側の中心人物だ。一方、三千子女史は憲法を改正しようという安倍晋三首相の知的ブレインの一人であるらしい。思想信条はその人の自由だ。しかし、どのような紆余曲折をたどって、このような事態に行き着いたのか、よそ様の話にしても驚くほかはない。

フランス文学（三）

当時の人気テーマ

駒場から本郷に移って、仏文科の主任教授は井上究一郎教授だった。一九六六〜六七年ごろ、井上先生は長身で、白髪交じりの初老の紳士然としていたが、今思えば、まだ五〇代だったはずである。

先生はプルーストが専門で、退官後、あの膨大な『失われた時を求めて』全七篇の個人訳をなしとげられた。しかし、わたしが学生として当時受けた授業は、象徴派詩人たちの詩の講読で、トリスタン・コルビエールとかジュール・ラフォルグがかすかに記憶に残る。なかんずくランボーを徹底して読まされた。

ランボーは一筋縄ではいかない。このアルチュール・ランボーという乱暴な詩人を、私たちは英語読みでもじりながら「アル中リン病」と呼びならわしていたが、彼はじじつアル中どころではなくヤク中だったのだ。ランボーは故国フランスでも特別の存在だったようだが、わが国（といってもフランス文学という狭い世界の話だが）でも特別な存在で、というのも批評の神様・小林秀雄がまず折り紙を付けたからにほかならない。「人生の斫断（しゃくだん）家ランボー」と小林は断じた。「斫」とは見慣れない読めない漢字だが、切り捨てるという意味らしい。小林がランボーに使った以外に私はこの字の使用例を知らない。戦前は使われていたのかしら。

話はそれるが、わが国ではサルトルの「シチュアシオン」を「状況」と訳した。吉本隆明は、サルトルとは無関係だろうが、「状況」を「情況」と書いた。「情況」とは何ぞやと、もの知らずの私はしばし考え込んだ。しかし何のことはない「情況」とは一般的な軍隊用語にほかならなかった。戦前少年であった吉本が当時の言葉を使ったに過ぎない。吉本が「情況」にどんな意味を込めようとしたかは別問題だが。

だから「斫断」も昔の人が見たらすぐわかる言葉なのかもしれないが、私たちにとってみれば、まさに宮本武蔵が二刀流を振るうのをうつつに見たかのように、恐れ入ってしまうのである。

ランボーの講義

しかし、井上先生のランボー講義はおもしろかった。ランボーの詩は性的暗喩に満ちている。小林先生は女学生を指名して、詩の解読を促す。先生に促されて、かの女学生は一通りの解釈を述べる。間一髪、「そこまでしか解りませんか?」と先生は突っ込みを入れる。先生の声に唱和して、私たちも口には出さないけれど、「そこまでしか解りませんか?」と同様に内心で突っ込む。

当時は、私たち男性は、わずかな体験と膨大な耳学問で、性に関しては優位を誇ることができた。（実際はどうだったか、今思えばあやしいものだが、ともかくその頃は動かしがたい確信を持つことができたのである）

今は昔。今、先生は、女学生に「それだけしか解りませんか？」と突っ込むことなどとても怖くてできないに違いないし、女学生だって黙っちゃいまい。先生の期待をはるかに超える解釈をとうとうと述べるに違いない。聞いている男子学生は「うぁ、すげえ」と目を丸くするだろう。体験からいっても、耳学問からいっても、その道に関しては今や圧倒的に女性優位が確立しているのだから。

私たちのころは大学では卒業試験というのはなかったと思う。ただ卒業論文は書かなければならなかった。まず何をテーマにするかが難問である。当時学生に最も人気があったのはサルトルだったろう。何しろ実存主義流行の時代だったから。次いで、ランボーやプルーストが続く。イノＱ（私たちは井上究一郎主任教授を陰でこう呼んだ）の覚えもめでたかろうというものだ。小林正教授（小林秀雄とは違います）の影響でスタンダールを選んだ人もいたかもしれない。

私はサルトルにさしたる関心はなかった。ランボーをターゲットにするということは神様小林秀雄に挑むことを意味した。つまり相当の自負心がなければならない。

プルーストに興味があったが、残念ながらまだ『失われた時を求めて』全編の翻訳がなかった。あるいはあったのかもしれないが私の手には入らなかった。翻訳なしであの膨大な作品を原典で読み通すことなど今も昔も私にはできない相談だ。わたしがプルーストを読んだのは後年井上先生の個人訳が刊行されてからで、卒論に間に合うわけもない。

しかし、当時から『失われた時を求めて』は二〇世紀世界の三大小説の一つとして喧伝されていた。もう一つはジェイムス・ジョイスの『ユリシーズ』。この両横綱は動かない。残りの一つは、トーマス・マンの『魔の山』だったり、カフカの『審判』だったり、ムジールの『特性のない男』だったりした。二〇世紀が終わった今もこの評価はあまり変わっていないだろう。いずれも世紀末の色濃い文学。大小説（この日本語の表現はおかしいよね）とは、時代の変わり目に、去りゆく時代の残照を描くものであるように私には思える。近代小説の祖『ドン・キホーテ』がそうであるように。

卒論はアンドレ・ジッド

私は結局アンドレ・ジッドを選んだ。これだったら翻訳は有り余るほどあった。（今は逆。ジッドを読もうと思っても、図書館の書庫の奥にももうないよ）

「ジッドをやるんだったら、二宮さんのいい論文があるから、借り出して読みなさい」と井上先生が言った。二宮さんというのはフランス文学・歴史学界では有名な二宮三兄弟の一番下の正之さん、長男が二宮敬先生。私は仕事をするようになってからずっと敬先生のお世話になった。なんでも件の論文は、ジッドの小説『贋金つかい』の構造が、水面に逆さに写ったバッハのフーガの譜面の構造と同じだということを明らかにしているという。譜面を読むこともできない音痴の私は、話を聞いただけでめまいがした。そんなことを卒論で書く人がいるんだ！　そんな論文を読んだら、こちらは一字だって書けなくなるだろう。いうまでもなく私は二宮さんの論文を敬遠して、表紙すら拝まなかった。

私は悪戦苦闘して、『贋金つかい』についての継ぎはぎだらけの卒論と称する悪文を作成した。そのとき私はもう結婚していて、家内がお茶などくんでくれたと思う。五〇枚書いたかな。自分にも意味不明な論文。おそらく井上先生も、一枚読んで、右から左にさっと流したに違いない。まあ、それでも卒業できた。

ジッドをやって石川淳の作品を知った。ジッドをやってそのころから流行り出したヌーボーロマンを身近に感じた。それが役得。

あとがき

本文の「星を見守る犬」（一〇二ページ）でも触れたが、『愚管抄』の付録で慈円はこう述べている。
「是ヲ学スルニシタガイテ。智解ニテソノ心ヲウレバコソヲモシロクナリテセラル、事ナレ。スベテ末代ニハ犬ノ星ヲマボルナンド云ヤウナル事ニテヱ心エヌ也。」

「末代だから」という言い訳は通らない。「浅学菲才のため」（これは才あって学ある人の謙遜だ）というのもおこがましい。齢八十近くまで、見たり、聞いたり、かじったりしてきたけれども、結局は何も心得なかったな、というのが今の私の感慨だ。

まことに、慈円の言う「星をマボル（見守る）犬」。しかし、私は、この呆けた犬のイメージをさほど嫌いではない。むしろわが似姿にしたいくらいだ。本書は、この犬の、かそけき遠吠えと笑破されたい。

本書を、妻と三人の子供たちと孫たちに渡したい。彼らに何にもしてやれなかったけれど、皆から喜びや楽しみをたくさんもらった。些少ながらその返礼のしるしである。

令和三年初夏

小西宗十（こにし　そうじゅう）略歴

1942年	長崎県北松浦郡小値賀町に生まれる。
1961年	長崎県立佐世保南高校卒業
1967年	東京大学文学部フランス文学科卒業
	講談社出版研究所入社
1988年	講談社出版研究所退社
	（株）小西代表取締役（現在取締役）
2003年	『西海春秋』刊行
2008年	佐世保文化協会会長

コンパスエッセイ

発行日	2021年6月21日　初版第1刷
著者	小西　宗十（こにし　そうじゅう）
発行人	片山　仁志
編集人	堀　憲昭
発行所	株式会社 長崎文献社 〒850-0057　長崎市大黒町3-1　長崎交通産業ビル5階 TEL095-823-5247　ファックス095-823-5252 HP:http://www.e-bunken.com
印刷・製本	株式会社 インテックス

ISBN978-4-88851-364-7　C0095